반드시
좋은 날이
올 거야

반드시 좋은 날이 올 거야

"당신은 더 행복할 거고 더 잘될 거예요"

김토끼 에세이

_____에게

당신은

더 행복할 거고

더 잘될 거예요

PART 1

혼자 다 짊어지려고 하지 마세요

PART 2
반드시 좋은 날이 올 거예요

PART 3
당신은 더 행복할 거고 더 잘될 거예요

힘들고 지친 하루의 끝에

우울한 게 너무 많아서

뭐가 우울한지도 모르겠는 그런 날

이 책에 실린 어느 한 문장이

당신에게 위로가 되고 응원이 되기를

PART 01

혼자 다
짊어지려고
하지 마세요

관계에 마침표를 찍는 이유

마음이 한 번 돌아서면 두 번 다시 돌아보지 않는 사람들이 있다. 순하고 착한 사람인데 관계를 정리할 때만큼은 어떤 누구보다 냉정하고 칼 같은 사람들이 있다.

그런 사람을 보면서 우리는 생각한다.

'저 사람 은근히 무섭네.'
'착해 보였는데 알고 보니 냉정한 사람이었네.'

하지만 이게 진짜 옳은 생각일까? 타인에게 늘 따뜻했던 사람이 냉정하게 돌아서 버리는 건 사실 한순간에 일어나는 일이 아니다.

어떻게든 관계를 유지하고 싶어서, 다시 잘 지내보려고 참고, 참고, 참고, 참고, 또 참다가 더는 버틸 수 없는 지경에 이르러서야 결심을 하게 된 것이다. 수없이 많은 순간을 흔들리고 나서야, 순하고 착했던 마음이 너덜너덜 만신창이가 되어 버린 후에야, 그 사람은 깨닫게 된 것이다.

나의 노력만으로 유지될 수 없는 관계가 있다는 것을.

최선을 다한 사람은 후회가 없다. 그래서 매 순간 따뜻하고 착했던 사람은 한 번 등을 돌리면 절대 뒤돌아보는 법이 없다.

'이 사람은 안 되겠다.' 라는 확신은

수천 번의 인내와

수만 번의 고민 끝에 내려진

결론이기 때문에.

(mất một ngày để đi qua..., bằng xe hơi) và nhà hoàng tử xứ Wales, người mà Chanel nhắm tưởng là một cậu bé giao hàng, mang đến Paris. Ông bảo người hầu ủi dày giày của mình mỗi ngày và có lần giao cho nhà thơ tùng thiếu Jean Cocteau việc viết tiểu sử cho những chú chó cưng của mình. Trên mọi phương diện, Chanel và Công tước chẳng khác nào cặp thanh mai trúc mã ở tuổi tứ tuần (bà bốn mươi hai còn ông bốn mươi sáu), và người ta kết luận rằng chỉ có đàn ông giàu có hơn Chanel mới có thể xứng tầm với bà đầm. Ông đẩy Chanel cách giảng cầu khiến bà thích mê và con cùng bà du ngoạn trên biển Địa Trung Hải bằng du thuyền của mình, chiếc "Đám Mây Bay" (The Flying Cloud), Chanel chẳng chịu bơi và thấy đại dương thật tẻ nhạt. Ông cũng đã tặng bà một tập ngân phiếu liên kết thẳng vào tài khoản của mình (có thể ông cũng sở hữu cả ngân hàng cũng nên). Bà trả lại nó sau khi chia tay mà chưa dùng đến một tờ. Một xã hội đình cao ngập ngụa trong tiền bạc cuối cùng cùng chỉ là thứ cũ rích ỏi thời. Chanel có thể là một thiên tài với khả năng thấu hiểu tất thảy những ✦ cầu về phong cách cũng như tính ứng dụng ✦ phục của mọi giới để rồi đắp ứng chung, nhứ ✦ dòng đến chuyện tình cảm, rắc rối của bà b ✦ hệt như những người thợ trong xưởng may ✦ phình. Bendor dối trá. Bendor không tài nào hiểu

sao Chanel không muốn nhượng lại việc kinh doanh của mình để đường hoàng trở thành nữ công tước thứ ba của Westminster. Có người đồn rằng bà đã đáp lại: "Bất cứ ai cũng có thể là nữ công tước, nhưng chỉ có duy nhất một Chanel mà thôi". Gần cuối cuộc tình, ông đã mới ả nhân tình mới cùng đi với ông và Chanel lên tàu "Đám Mây Bay". Chanel, bị bẽ mặt và đẩy tức giận, đã buộc ả nhân tình phải xuống tàu ngay tại cảng tiếp theo, còn Bendor thì bị trừng phạt dịch dàng khi tặng Chanel một chuỗi ngọc trai tuyệt đẹp và bị bà ném xuống biển.

Pierre Reverdy

Yêu đơn phương

Khoảng thập niên 20, nhưng không chắc chắn

Reverdy là một nhà thơ chuyên nghiệp và thống khổ, cũng là bạn của Picasso, Mat-Isse, Louis Aragon và ✦ người thuộc trường phái siêu thực khác đã trở nên ✦ tiếng, trong khi chỉ mình ông bị bỏ lại phía ✦ nghiến răng ghen tị và căm phẫn rồi ✦ vào công việc trong sự nghèo khổ bữa ✦ gọi Reverdy là nhà thơ vĩ đại nhất mọi ✦ không cho phép Chanel giúp ông như

모순 덩어리

마음에 상처가 많은 사람은 모순덩어리다.

괜찮다고 하지만 사실은 괜찮지 않을 때가 더 많고, 혼자 있고
싶다고 말하면서도 막상 혼자 남겨질까 걱정을 한다. 겉으로
는 강한 척하지만 속은 누구보다 여리고, 앞에서는 아무 일 없
는 척 웃어 보이지만 뒤돌아선 숨죽여 울기도 한다.

신경 쓰지 말라고 해 놓고 누군가 끊임없이 관심 가져 주기를
바라고, 때로는 "네가 정말 싫어."라는 말을 세상에서 가장 사
랑하는 사람에게 하기도 한다. 말과 행동이 다르기에 누군가
에게는 예민한 사람으로 비치기도 하고, 때로는 차갑고 냉정한
사람으로 오해받기도 한다.

그래서 그런 사람에게는 "네 마음 알아." "요즘 많이 힘들지." 같은 따뜻하고 다정한 위로의 말이 절실하게 필요하다.

지금 당신 마음이 그래요.

"말하지 않아도 알아요, 그 마음."

미워하는 마음

누군가를 미워하면서 알게 된 것이 있다.

누군가를 계속 미워하면 미워하는 대상이 힘들어지는 것이 아니라 내가 더 힘들어지고, 누군가를 계속 싫어하면 싫어하는 대상이 괴로워지는 것이 아니라 내가 더 괴로워진다는 것.

누군가를 미워하고, 미워하고, 미워하고, 미워하고, 또 미워하는데 많은 시간을 들이게 되면 내가 좋아하는 것을 할 수 있는 시간이 그만큼 더 사라지고, 사라지고, 사라지고, 사라지고, 또 사라지게 된다는 것.

미워하는 마음은

나와 내 삶을 병들게 한다.

그 마음을 멈추자.

그 사람을 위해서가 아니라

나를 위해서.

때로

거짓말이라는 것을 알면서도
그냥 속아줄 때가 있다.

상처받는 게 싫어서.
관계를 지키고 싶어서.
이미 너무 지쳐 버려서.

흉터

"너를 위해서 하는 말이야."

"상처받으라고 하는 말이 아니야."

"내가 너를 얼마나 아끼는지 너도 알잖아."

"이런 이야기 하는 거 나도 마음이 아파."

"너를 정말 사랑해서 하는 말이야."

"상처받지 말고 들어."

아무리 애를 써도 지워지지 않는 상처가 있다.

그런 상처는 사랑하는 사람에게 받게 된다.

알려주세요

상대보다 내가 조금 덜 사랑하고

헤어져도 적당히 견딜 수 있을 만큼만 사랑하고

떠난다고 한다면 "그래, 잘 가." 하고

미련 없이 보낼 수 있을 만큼만 사랑하고

어제까지 함께했던 사람이 하루아침에 사라져도

"난, 괜찮아."라고 할 수 있을 정도로만 마음을 주는 거.

그거 어떻게 하는 건데요.

이상한 사람을 만났을 때

살다 보면 정말 이상한 사람들을 만날 때가 있다.

'어떻게 저런 말을 할 수 있지.'

'너무 무례하고 불쾌해.'

'예의란 걸 모르는 건가.'

'정말 너무하다.'라는 생각이 들 정도로 이상한 사람들.

그런 사람들을 만날 때마다 나는 참았다. 괜한 트러블을 만들기 싫어서 스트레스를 받아도 꾹꾹 눌러 참았다. 저 사람이 저렇게 무례한 행동을 하고, 기분 나쁜 말을 하는 건, 분명 이유가 있을 거라고 생각하며 나 자신을 되돌아보기도 했다.

'내가 잘못한 게 있나?'

'나도 모르게 실수를 한 게 있나?'

하지만 아무리 생각해도 잘못한 건 없었고 실수를 할 겨를도 없었다.

저런 부류의 사람을 몇 번이나 더 만나고 난 후 깨달았다. 살다 보면 저렇게 무례하고 예의 없는 사람을 만나게 되는 경우가 간혹 있다는 것을. 내가 잘못해서가 아니라, 내가 운이 조금 나빠서 그냥 저렇게 이상한 사람을 만났을 뿐이라는 것을.

그러니까 이상한 사람을 만났을 땐

'아, 내가 운이 좀 나빴구나.'

'저 사람 진짜 최악이구나.' 생각하고 지나치면 된다.

이 세상엔 내 상식으로는 이해되지 않는 사람들이 많고, 내가 상상하는 것 이상으로 이상한 사람들도 많다. 그냥 원래 그런 사람 때문에 심각하게 고민하고 감정 소모할 필요는 없다.

강박

상처를 한 번 받아 본 사람에게는 상처에 대한 강박이 생긴다.
두 번 다시 그런 상처를 받고 싶지 않다는 강박.

껍데기만 남은 채 텅 비어 버린 마음은 새로운 사람이 다가오
는 것을 완강히 거부하고 소중한 무언가가 생기는 것에 대해
극도의 두려움을 느낀다. 그래서 상처받을지도 모른다는 생각
이 들면 본능적으로 마음의 문을 걸어 잠가 버린다.

마음에 아무도 들이지 않는 것이
상처받지 않을 수 있는
유일한 방법이라는 것을 알기 때문에.

나를 사랑하기

나는 나 자신에게 만족을 하지 못하는 사람이었다. 늘 다른 사람들과 나를 비교하며 '저 사람은 저렇게 바쁜데 나는 지금 뭘하고 있지?' 우울해하고 '저 사람은 저렇게 열심히 사는데 나는 왜 이러고 있을까?' 자책했다.

그래서 나의 20대는 무척 치열했다. 남들보다 일찍 일어나 남들보다 조금 더 늦게 잠이 들어야만 마음이 편했고 쉬는 날에도 쉬지 않고 무언가를 해야만 직성이 풀렸다. 잘해야 한다는 강박 때문에 늘 초조했고 더 잘하고 싶다는 욕심 때문에 잘하고 있던 순간에도 순수한 열정으로 기뻐하지 못했다.

이제야 이런 후회가 든다.
왜 나를 더 사랑해 주지 못했을까.

지금도 충분하다는 것을 왜 몰랐을까.

시간이 많이 흐른 지금, 한 걸음 물러나 과거를 회상하면 그때
의 내가 너무나도 안쓰럽다. 나는 늘 내가 부족하고 모자란 사
람이라고 생각했다.

사실 그렇지 않았는데. 나는 매 순간 잘해 왔었는데.

그래서 지금부터라도 나는 바뀌어 보려고 한다. 잘하고 있는
순간에는 잘하고 있다고, 잘하지 못한 순간에는 다음에 더 잘
하면 된다고, 적당히 열심히 하고 적당히 바빠도 된다고, 쉬는
날에는 온전히 나만을 위한 시간을 보내도 된다고, 매일매일
나를 되돌아보며 나를 격려해 주고 다독여 주려고 한다.

다른 사람과 나를 비교하는 순간부터
인생은 걷잡을 수 없이 불행해지기 시작한다.

나는 내가,
그리고 당신이,
불행한 삶을 살지 않았으면 좋겠다.

다른 사람처럼 되고 싶다는 생각에
나를 다그치기만 하는 내가 아니라
나를 사랑하는 내가 되기를 바란다.
진심으로.

[너는 회사 일도 정말 열정적으로 하는 것 같아]

[너는 늘 그렇게 열심히 하는데 나는 왜 이 모양일까]

[무슨 일이든 열심히 하는 네가 부럽다]

오늘 친한 친구에게서 이런 카톡을 받았다.

나는 출근하자마자

사장님 몰래 핸드폰으로

인스타그램 업데이트를 하고 있었는데 말이다.

깊은 슬픔

"그래도 너는 나만큼 힘들진 않잖아."

라는 말을 아무렇지 않게 하는 너에게 묻고 싶다.

너의 슬픔은 어느 깊이에 있기에

그 슬픔을 무기로

다른 사람의 슬픔을 찌르기도 하는 거냐고.

빌런 대처법

회사에서 같이 일하는 사람 때문에

극심한 스트레스를 받고 있던 어느 날 친구에게 물었다.

"진짜 이기적이고 예의 없는 인간을 만났는데

어떻게 해야 할까?"

사회생활 만렙인 친구가 말했다.

"그냥 놔둬.

아무 말도 해 주지 말고

평생 그렇게 욕먹으면서 살게 놔둬."

마음이 여린 사람에게

마음이 여린 사람은 미련이 많다.

더운 계절이 오려고 할 땐 스치는 봄을 붙잡으려 하고, 추운 계절이 와 버렸을 땐 이미 떠나 버린 가을을 그리워하곤 한다. 받은 상처가 더 많은데 준 상처에 더 많이 미안해하고, 홀로 남은 자신보다 자신을 버리고 떠난 사람의 마음을 더 많이 걱정한다.

미련 없이 다음 계절을 살고, 미련 없이 누군가를 떠나보내고 싶지만, 그게 잘 안 된다. 혼자 감당해야 할 아픔이 너무 많고, 그 상처들이 때로는 너무 버겁다. 하지만 누구에게도 내색을 하지 않는다. 상처받았다는 사실을 들키지 않기 위해 사람들 앞에서는 애써 더 밝은 척, 씩씩한 척을 한다.

그때 누군가 그 사람에게 다가가

따뜻한 말 한마디를 건넨다면

그 사람에게는 큰 위로가 될 것이다.

"울고 싶을 땐, 울어도 돼요."

최고의 복수

꿈 많고 마냥 어리기만 했던 대학 시절의 일이다. 어떤 작가가 되고 싶냐는 질문에 사람들의 다친 마음을 위로하고 안아 줄 수 있는 작가가 되고 싶다고 답을 했더니,

"네가?"
"고작 그런 실력으로?"
"너는 안 돼."
"안 될 거야."

라는 말로 나에게 무안을 주던 선배가 있었다.

주변 사람들은 그런 사람의 말을 뭐 하러 신경을 쓰냐고 그냥 무시하라고 했지만 무시가 되지 않았다. 그 말을 듣고 한 3일 동안은 잠을 못 잤던 것 같다. 소심한 거 맞다. 그리고 나는 자존심도 센 편이다.

그래서 그 뒤로는 글을 더 열심히 썼다. 글 쓰는 게 힘들고 삶이 휘청이는 순간마다 그 선배의 얼굴을 떠올리며 전의를 불태웠다.

이제 와 돌이켜 보면 그저 스쳐 지나갈 사람이 하는 별것 아닌 말을 왜 그렇게까지 예민하게 받아들였을까 싶다. 하지만 그 시절 상처받은 시간에 대한 후회는 없다. 꿈 많고 마냥 어리기만 했던 시절, 그 선배의 말에 상처받았기에 더 열심히 글을 썼고 그 선배가 틀렸다는 것을 증명하기 위해 더 독해질 수 있었으니까. 그때 그 선배가 했던 말이 밑거름이 되어 나는 한 단계 더 성장할 수 있었고, 너무 힘들어 포기하고 싶은 순간에도 무너지지 않고 다시 일어날 수 있었다.

사람들은 말한다.
최고의 복수는 '무시'라고.

세상의 모든 상처가 말처럼 그렇게 쉽게 무시할 수 있고, 쉽게 모른 척할 수 있는 것이라면 얼마나 좋을까. 때로는 그게 안 되는 사람들도 있다. 나처럼.

그럴 때는 우리, 그 상처를 발판 삼아 한 걸음 더 내디뎌 보자. 무너질 것 같은 순간이 오더라도 그때의 상처를 떠올리며 이를 악물고 다시 일어나 보자. 누군가 아무 생각 없이 던진 돌에 점점 더 작아지고 움츠러들지 말자. 그 돌을 밟고 일어나 더 멋진 사람이 되자. 그 돌을 성장의 계기로 삼아 한 걸음 더 나아가 보자.

시간이 흘러, 학교를 졸업하며 자연히 연락이 끊긴 그 선배에게 몇 해 전 인스타그램을 통해 디엠을 한 통 받았다. 내 글을 잘 보고 있다고, 힘들 때 많은 위로가 된다고 했다. 선배는 옛날 일을 기억하지 못하는 듯했고 나도 굳이 옛날 일을 이야기하고 싶진 않았기에 그저 고맙다고 답장을 보냈다.

아무 이유 없이 나를 싫어하고 멸시했던 사람에게

해 줄 수 있는 최고의 복수는

그 사람보다 더 멋진 사람이 되어

내가 더 잘 먹고 잘사는 것이라는 사실을 잊지 말자.

일상 여행

인생이 갑자기 재미없게 느껴질 때가 있다.

연인과 이별을 한 것도 아니고, 친구와 싸운 것도 아니고, 일이 잘 안 풀리는 것도 아니고, 무슨 걱정이 있는 것도 아니고, 나에게는 아무 문제가 없는데, 이상하게 삶이 무료하고 재미없게 느껴지는 순간이 있다.

그런 당신은 지금 많이 지쳐 있는 상태일 가능성이 크다. 평소와 같은 곳에 가서, 평소와 같은 일을 하고, 평소와 같은 사람을 만나고, 평소와 같은 시간에 출근하고, 평소와 같은 시간에 퇴근하고, 특별한 이슈 없이 평소와 같은 일상을 살아가고 있어서 아무 문제가 없다고 생각하는 것일 뿐, 당신은 지금 모든 것들에 지쳐 있는 상태다.

그럴 땐, 여행을 가야 한다.

먼 곳이 아니어도 된다. 집 근처 한적한 공원을 산책하고 온다거나, 근처에 살지만 바쁘다는 핑계로 한 번도 만나지 못했던 친구를 만나러 가 본다거나, 동네에서 가장 가까운 산이나 바다를 다녀온다거나, 내게 휴식을 줄 수 있고 즐거움을 줄 수 있는 곳이라면 잠깐이라도 다녀와 보자.

인생이 재미가 없다면 재미없는 채로 놓아두지 말고 재미있는 걸 찾아서 가까운 곳이라도 일단은 떠나 보자. 집 안에서는 볼 수 없는 아름다운 풍경들을 바라보고, 좋은 생각들로 마음을 풍족하게 채우고, 내가 좋아하는 맛있는 음식들도 잔뜩 먹고 오자.

여행은, 지금 이 순간 지친 당신에게 활력을 되찾아 줄 아주 좋은 선물이 되어 줄 것이다.

사람은 매일 같은 곳에 가고, 매일 같은 일을 하고, 매일 같은 사람을 만나고, 매일 같은 패턴으로 생활하면 인생이 재미가 없어진다. 그리고 재미없는 일을 오래 반복하다 보면 사람은 지친다.

시간이 없다고, 귀찮다고, 미루지 말고 지금 당장 떠나자. 재미없고 무료한 삶에 색다른 즐거움을 줄 수 있는 곳으로, 지친 내 마음을 위로해 줄 수 있는 곳으로, 문을 열고 발을 내딛는 순간, 당신에게는 새로운 세상이 펼쳐지게 될 테니까.

당신의 하루가 예측 가능한 오늘이 되기보다는

매일매일 기다려지고 기대되는 오늘이 되기를 바란다.

지친 당신에게 수고했다는 말을 해 주고 싶다.

"힘들 땐, 잠시 쉬어도 돼요."

힘든 길

살다 보면 그럴 때가 있다.

이 길이 아닌 걸 알면서도 지나치지 못하고
아닌데, 아닌데 하면서도 자꾸만 가고 싶어
돌아보게 되는 길이 있다.

엄마도, 친구도, 나를 사랑하는 모든 이들이 뜯어말리는데도
모른 척 눈을 감아 버리고
나중에 후회할 걸 알면서도
기어이 가야겠다는 결심을 할 때가 있다.

그 사람을 사랑하겠다고 마음먹었을 때
내 마음이 그랬다.

아무 생각 없을 용기

카페에서 신입 직원을 교육하다가 일어난 일이다. 오피스 지역이라 점심시간이면 직장인들이 한꺼번에 몰려와 정신없이 바빴다. 그런 와중에 신입이 내게 이런 질문을 했다.

"점장님, 점장님은 커피 만들면서 무슨 생각을 하세요?"

바빠 죽겠는데 무슨 생각을 하지?

"아무 생각 안 하는데."

답을 하고 다시 일을 하려는데 신입이 시무룩하게 말했다.

"에이, 실망이에요."

갑자기? 뭐가? 아무리 생각해도 이해가 되지 않았다. 나중에 바쁜 시간이 지나고 신입에게 왜 그런 질문을 했냐고 물었더니 돌아오는 답은 놀라웠다.

"그냥, 점장님이라면 좀 다를 줄 알았어요."

달랐어야 했나? 바쁜 와중에도 '나는 꼭 세계 최고의 바리스타가 되고 말 거야!'라는 다짐이라도 하면서 커피를 만들어야 했나? 그게 아니면, 거짓말이어도 신입을 위해 좀 더 의미 있고 건설적인 답을 해줘야 했나? 잠시 고민했다. 그러나 그건 역시 아닌 것 같았다.

매 순간 새로운 계획을 세우고 새로운 다짐을 하며 살아가는 삶은 얼마나 피곤하고 힘들까. 세상의 모든 일에 특별한 의미를 부여할 필요는 없다고 생각한다.

아무 생각 없을 땐
아무 생각 안 해도 된다.

아무 생각 없이 공부를 하고
아무 생각 없이 청소를 할 때
공부가 더 잘되고 청소를 더 빨리 끝낼 수 있듯

때로는 아무 생각 없이 일을 할 때
일의 능률이 더 오르기도 하는 법이다.

아무 생각 없는데 굳이 생각하는 척하지 말고

일일이 의미를 부여하려 하지 말고

새로운 다짐을 하면서 괜히 스트레스받지 말고

아무 생각 안 해도 될 땐 그냥 아무것도 생각하지 말자.

그래야 더 편하게 살아갈 수 있다.

2010년 밴쿠버 동계올림픽 금메달리스트이자

세계적인 피겨스케이터 김연아 선수는

다큐멘터리를 찍던 중

스트레칭을 하면서 무슨 생각을 하냐는

피디의 질문을 받고 이렇게 답을 한다.

"무슨 생각을 해. 그냥 하는 거지."

후회

어리석은 마음이었다.

이해할 마음이 없는 사람에게

내 진심을 털어놓고

내 마음을 이해해주길 바랐으니.

깨진 액정

핸드폰을 실수로 떨어트렸다.

액정에 살짝 금이 갔지만 사용하는 데는 문제가 없었다. 그런데 이상하게 그 뒤로 핸드폰을 볼 때마다 자꾸만 신경이 쓰였다. 안 그러려고 해도 계속 금이 간 부분만 보이게 되니까. 크게 금이 간 것도 아니고 아주 살짝 금이 간 것뿐이었는데. 크고 작음의 문제가 아니라 아끼던 핸드폰에 금이 간 것 자체가 싫었던 거였다.

어쩌면 관계도 그렇지 않을까.

누군가로 인해 한 번 금이 가 버린 관계는 액정이 깨진 핸드폰처럼 자꾸만 신경이 쓰이고, 아무 일도 없는 척, 아무것도 변하지 않은 척, 해보려고 해도 결국 멀어지기 마련이다. 고작 한 번, 살짝 금이 간 것뿐인데 말이다.

관계는 작고 사소한 것에서부터 서서히 어긋나기 시작하는 것 같다.

사소한 것을 가볍게 여기지 마세요.
사소한 게 가장 중요해요.

겸손하지 말기

내가 어릴 때 아빠는 늘 나에게 이렇게 말했다. 벼는 익을수록 고개를 숙인다고. 사람은 늘 겸손해야 한다고.

그래서 나는 잘하는 게 있어도 나를 낮추어 말했고 누가 칭찬을 해도 별로 한 게 없다는 듯 겸손을 떨었다. 사람들 앞에서 굳이 나를 드러내지 않아도 내가 열심히 하고 있다는 것을, 잘하고 있다는 것을, 모두가 알아줄 거라고 생각했다.

하지만 아니었다. 사회생활을 하면서 "아니에요, 저는 별로 한게 없어요."라는 겸손은 나를 정말 별로인 사람으로 만들었고, 내가 했던 일이 때로는 다른 사람의 공으로 돌아가 상처받았던 적도 여러 번 있었다.

사회생활에서 겸손 따위는 필요 없다는 것을 왜 아무도 알려주지 않았을까. 뒤에서 묵묵히 일하는 사람보다 앞에서 요란하게 일하는 사람이 사회에서는 더 인정받기 쉽고, 잘하고도 티 내지 않는 겸손한 사람보다 "나 이거 잘해." 라는 티 팍팍 내면서 일하는 사람이 승진이나 연봉 협상에는 더 유리하다는 것을 왜 아무도 말해 주지 않은 걸까.

지금 이 순간 나와 같은 고민으로 힘들어하고 있는 나의 친구들에게, 겸손을 미덕으로 삼았다가 크고 작은 상처를 받은 모든 이들에게, 말해 주고 싶다.

나는 당신이 겸손하지 않았으면 좋겠다.

"나 이렇게 열심히 일하고 있다."는 것을 주변에 알릴 줄 아는 사람이었으면 좋겠다. 쓸데없이 본인을 낮추지 말고 본인이 한 일을 당당하게 어필할 수 있는 사람이었으면 좋겠다. 언젠가는 알아주겠지, 굳이 지금이 아니더라도 언젠가는 나의 가치를 인정해 줄 거라는 마음을 잠시 내려놓았으면 좋겠다. 그런 착하고 예쁜 마음을 가진 당신이 상처받고 이용당하는 현실은 너무 속상하니까.

당신은 늘 잘해 왔고 앞으로 더 잘할 것이다.
그런 당신이 인정받고 칭찬받는 것은
당연한 일이니까.

모두를 향하지 않는 친절

대학 시절, 나는 필기를 잘하는 학생이었다. 그래서 친구들이 필기 노트를 보여 달라고 하면 곧잘 보여 주곤 했다.

그러던 어느 날, 몸살감기에 심하게 걸려 이틀 동안 전공 수업을 듣지 못했던 적이 있었다. 내 필기 노트를 항상 빌려 갔던 친구에게 노트를 좀 빌려 달라고 했다. 그런데 그 친구는 애매모호하게 말을 돌리며 결국 노트를 빌려주지 않았다. 그렇게 등을 돌린 친구가 다음 수업 시간에 아무렇지 않게 나에게 필기 노트를 빌려 달라고 했다. 나는 좀 씁쓸했지만, 그 친구와 좋은 관계를 유지하고 싶어서 별다른 내색을 하지 않고 계속 노트를 빌려주었다.

곰곰이 생각해 보면 그 시절 나는 모두에게 좋은 사람이 되고 싶었던 것 같다. 모두와 원만한 관계를 유지하고 싶고 모두가 좋아하는 사람이 되고 싶어서 싫어도 싫은 내색을 하지 못했고 곤란한 상황이 생겨도 부탁을 거절하지 못했다. 그러다 보니 종종 손해를 보게 되는 일도 많았고 혼자 상처받고 우는 날도 더러 있었다. 지금 생각해 보면 왜 그렇게 바보처럼 살았나 싶다.

모두에게 좋은 사람이 되려고 하는 순간부터 인생은 점점 꼬이기 시작한다. 타인의 마음을 먼저 헤아릴 줄 아는 것도 좋지만 그 과정이 내 마음을 상처 입히고 병들게 하는 것이라면 지금 당장 멈출 수도 있어야 한다.

모두에게 좋은 사람이 되겠다는

욕심을 내려놓자.

계속 잘해 주다 보면 알게 된다.

이 사람이 나에게 좋은 친구인지,

나의 착함을 이용만 하는 인간인지.

고마움을 모르는 사람에게

계속 친절할 필요는 없다.

우리가 침묵하는 이유

힘들게 말해 봤자

어차피 상대는 나를 이해하지 못할 거고

상황은 아무것도 바뀌지 않을 것이라는 걸

이미 알아 버렸기 때문에.

무례한 사람을 만났을 때

예전에 아는 지인에게서 기분 나쁜 말을 듣고 따졌다가, 되려 소심한 사람 취급을 받았던 적이 있다.

"나 원래 솔직한 거 알잖아, 소심하게 왜 그래~"

그 말을 듣고 너무 황당해서 말문이 막혔다.

살다 보면 친구나 지인에게서, 직장 동료나 상사에게서, 또는 그냥 스치는 사람들에게서, 솔직함을 가장한 무례한 말을 듣게 되는 경우가 있다. 그런 경우, 듣다 보면 분명 기분 나쁜 말인데 워낙 순식간에 지나가서 짚고 넘어갈 타이밍을 놓쳐 버린다거나, 상대가 너무 당당하고 거리낌이 없어 따질 수 없을 때가 더 많다.

가끔 용기를 내서 상대에게 불쾌한 마음을 내비쳐도 이렇다 할 사과를 받아 내는 것은 힘들다. 왜냐하면 그들 대부분이 "솔직한 게 죄야? 나는 빈말은 못 해."라고 하며 자신들의 행동을 정당화시키기 때문이다.

상대의 기분을 헤아리지 않고 상처 주는 말을 서슴없이 내뱉고는 자기는 그저 솔직했을 뿐이라고 변명하는 사람들. 자기는 그냥 있는 그대로를 말했을 뿐인데 사람들이 아무 잘못도 없는 자기를 싫어한다고, 도리어 억울해하는 사람들.

그렇다면, 이런 사람을 만났을 때
우리는 어떻게 해야 할까?

대응할 방법이 한 가지 있다. 그 사람을 아무 감정 없이 무표정으로 쳐다봐 주다가 말이 끝나면 조용히 돌아서 버리면 된다. 나를 비난하는 말에 웃어 주지 말고, 고개를 끄덕이지도 말고, 가만히 들어 주다가 그냥 그 자리를 떠나 버리자. 그 사람이 신나게 이야기할 수 없도록 대화를 아예 차단해버리면 되는 것이다.

혹시 이 글을 보고 떠오르는 사람이 있다면 그 사람과는 서서히 멀어지는 것을 추천한다. 어쩔 수 없이 매일 봐야 하는 사람이라면 꼭 필요한 상황 외에는 되도록 엮이지 않도록 하자.

솔직한 건 죄가 아니지만 무례함은 잘못이다.

정제되지 않은 솔직함은

상대를 향한 무분별한 비난에 불과하다.

당신이 기분 나쁘고 불쾌한 게 당연한 거다.

그런 것을 일일이 받아 주고 있을 이유가 없다.

학교 다닐 때, 선생님은 말씀하셨다.

'저 사람 왜 저러지?'라는 생각이

'하, 저 인간 진짜 별로네.'라는 결론에

다다르면 재빨리 손절하라고.

적당히 살아요

어린 시절 보았던 동화책을 어른이 되어 다시 본 적이 있다.
보는 내내 분노에 휩싸였다.

왜 백설 공주는 독 사과를 먹고
죽을 뻔했는데도 화를 내지 않는 거지?
왜 신데렐라는 새엄마와 언니들의
구박을 받으면서도 계속 참기만 하는 거지?

'왕자님을 만나 행복하게 잘 살았습니다.'라는 결말이 어릴 때
는 꽉 찬 해피 엔딩인 줄 알았는데 그게 아닐 수도 있겠다는
생각이 들었다.

화를 내어야 할 상황에서도 화를 내지 않고

꾹꾹 눌러 참기만 했던 인생들이 얼마나 힘들었을까.

왜 그 누구도 그들에게 참지 않아도 된다는 것을,

희생하지 않아도 된다는 것을,

알려 주지 않은 걸까.

세상에는 얼마나 많은 이들이

백설 공주나 신데렐라처럼

이렇게 참고, 희생하고, 혼자 조용히 상처받고 있을까.

혼자 다 짊어지려고 하지 마세요.

참아 주지 말고 적당히 화도 좀 내고

양보하지 말고 적당히 욕심도 좀 부리고

희생하지 말고 적당히 내 것도 좀 챙기고

적당히 살아요.

혼자 아등바등하지 말고.

괜찮아진다는 위로

세상의 어떤 아픔도 영원히 지속되는 아픔은 없다고 한다.

시간이 지나면 절대 이해되지 않던 것들이 이해가 되고, 절대
인정할 수 없던 것들을 인정하고 받아들일 수 있게 된다고 한
다. 죽을 것처럼 아픈 순간도, 영원히 잊히지 않을 것 같은 기
억도, 시간이 지나면 다 괜찮아지고 다 잊히게 된다고 한다.

아니,
거짓말이다.

어떤 종류의 상처는 너무 깊어서
아무리 많은 시간이 지나도 회복하기 힘들다.

이제는 다 잊어버린 척,

아무렇지 않은 척,

애써 괜찮은 척해 봐도,

한 번 깨진 마음은 돌이킬 수가 없다.

행복을 찾아서

어제까지만 해도 다이어트 중이라고 했던 룸메이트가 퇴근하면서 치킨을 사 왔다. 밤 10시에 치킨! 정말 위험한 순간이었다. 그런 내 시선을 느낀 건지 룸메이트가 작게 중얼거렸다.

"오늘 같은 날은 치킨을 먹어야 해."

포장된 치킨 상자를 뜯는 룸메이트의 손이 너무나도 결연해 보여 나도 모르게 고개를 끄덕였다. 나중에 자초지종을 들어 보니 룸메이트는 그날 회사에서, 부장한테 털리고 차장한테 털리고 하루 종일 먼지 나게 털렸다고 했다. 한참 상사 욕을 하던 룸메이트는 술이 좀 취해서 말했다.

"넌 알지?"

"알지."

"이런 거지 같은 날에는 치킨을 먹어야 한다는 거."

"알지."

"그런 인간이 내 하루를 망치게 놔둘 순 없거든."

"알지, 알지."

사람은 언제나 행복해지고 싶어 하고 행복한 삶을 살아가고 싶어 하지만 인생은 언제나 우리에게 크고 작은 시련과 불행을 가져다주곤 한다. 나에게도 그런 날이 있었다. 해야 할 일은 많은데 되는 일은 하나도 없고 잘하려고 할수록 자꾸 일이 꼬이기만 해서 정말 거지 같기만 했던 그런 날.

그런 날, 지금의 내 룸메이트가 알려 주었다. 그런 거지 같은 날에는 치킨을 먹어야 한다고. 예기치 못한 불행이 내 하루를 망치게 놓아두지 말고, 어떻게 해서든 내 인생이 행복해질 수 있는 방법을 찾아야 한다고.

내 인생의 주인공은 나 자신이다.
'그런 인간' 때문에 내 하루를 불행하게 내버려 두지 말고
'소중한 나 자신'을 위해 꿋꿋이, 부지런히, 행복해지자.

부디, 당신의 오늘이 행복하기를 바란다.

행복한 사람들의 10가지 특징

1. 꿈이 있다.

2. 나와 나를 둘러싼 세상에 관심이 많다.

3. 미래에 낙관적이다.

4. 자신의 감정을 솔직하게 표현한다.

5. 가까운 사람들과 많은 시간을 보낸다.

6. 새로운 것에 도전한다.

7. 용서할 줄 안다.

8. 종종 여행을 떠난다.

9. 건강을 위해 노력한다.

10. 주어진 모든 것에 감사하며 살아간다.

PART 02

반드시
좋은 날이
올 거예요

그냥 왠지 좋은 느낌

사람을 볼 때 가장 중요한 것은

성격, 취향, 유머 코드 같은 것이 아니라

'그냥 왠지 좋은 느낌'인 것 같다.

성격이 정반대여도 함께하면 그냥 왠지 재미있는 사람.

취향이 달라도 그냥 왠지 정이 가는 사람.

유머 코드가 맞지 않더라도

대화를 하면 그냥 왠지 마음이 편안해지는 사람.

성격도, 취향도, 유머 코드도, 모든 것들이

나와 전혀 다른데도

그냥 왠지 좋은 느낌이 드는 사람.

그런 사람은 아무도 이길 수가 없다.

그리고 그런 사람과 우리는 친구가 되고, 연인이 되고,

때로는 평생을 함께하기도 한다.

당신이 모르고 있는 것

세상에는 아무리 노력해도 이해되지 않는 것들이 무수히 많고, 아무리 잘해 보려고 해도 화해할 수 없는 것들이 더러 있다. 누군가에게 미움받고 싶지 않지만 내 의지와 상관없이 미움받을 일이 생기고, 나도 모르는 사이 어쩔 수 없는 오해들이 쌓이기도 한다.

이 삭막하고 메마른 삶 속에서 누군가와 관계를 맺고 그 관계를 좋은 방향으로 오랫동안 유지한다는 것은 얼마나 힘들고 고단한 일인가. 쉽게 뜨거워지고 쉽게 식어 버리고 마는 잔인한 세상 속에서 누군가에게 좋은 사람이 되고 소중한 존재가 된다는 것은 얼마나 피로하고 부담스러운 일인가.

그게 얼마나 대단한 건지 당신은 모르는 것 같다.

당신 주변에 좋은 사람이 많다는 건

당신이 그만큼 좋은 사람이라는 뜻이고

당신에게 소중한 사람이 많다는 건

당신도 그만큼 많은 이들에게 소중한 사람인 것이다.

당신이 괜찮은 사람이라는 것을 당신만 모른다.

나를 살게 하는 힘

가끔 이유 없이 나를 싫어하는 사람을 만나게 된다. 잠깐 보고 스칠 인연이라면 상관없는데 그런 사람들은 꼭 직장 동료나 상사로 만나게 되는 게 문제다.

내가 뭘 잘못했나?
왜 나를 싫어하지?

생각하다 보면 우울해지고 그 사람과의 부딪힘이 많을수록 하루하루가 괴로워진다. 감정 소모가 너무 심해 어떤 날은 뜬눈으로 밤을 지새우고 어떤 날은 그게 너무 힘들어서 죽고 싶은 생각이 들 때도 있다. 하지만 그럴 때마다 나를 일으켜 주는 사람들이 있다.

"네 잘못이 아니야."

"저 사람이 이상한 거야."

"살다 보니 저런 이상한 사람들도 있더라."

힘들 때 나를 위로해 주고, 우울할 때 우울의 원인을 함께 욕해 주고, 죽고 싶을 만큼 괴로울 때 다시 살아갈 힘과 용기를 주는 좋은 사람들.

내가 오늘을, 그리고 내일을,

앞으로의 모든 날들을,

무사히 살아갈 수 있는 것은

내 옆에 이런 좋은 사람들이 있기 때문이다.

내 옆에 있어 주어서,

힘들 때 힘이 되어 주어서,

다시 일어날 수 있는 용기를 주어서,

나란히 함께 걸어 주어서,

고맙다, 내 소중한 사람들아.

당신이 있어,

내가 여기까지 올 수 있었다.

친구의 의미

나랑 좀 안 맞는 것 같으면서도 너무 너무 너무 잘 맞는 친구가 있다. 성격도 다르고 취향도 다르고 서로 다른 게 너무나도 많은데, 이상하게 대화가 잘 통하고 만나면 무슨 이야기를 해도 재미있게 할 수 있는 그런 친구.

다른 사람이랑 하면 재미없는 이야기도 이 친구랑 하면 재미있고, 예전에 했던 이야기를 다시 해도 재미있고, 그냥 아무 이야기나 막 해도 재미있고, 심지어 아무 말 안 하고 가만히 있어도 재미있다.

그래서 이 친구를 만나고 헤어질 때는 꼭 하는 말이 있다.

"우리 언제 또 만나?"

몇 시간 동안 쉬지 않고 신나게 대화를 나눈 뒤 헤어질 시간이 되면 아쉬움에 자세한 이야기는 전화로 마저 하자고 덧붙이는 사이. 미련이 뚝뚝 떨어지는 얼굴로 마지못해 돌아서다가 조만간 우리 꼭 다시 만나자고 카톡을 보내는 사이. 하루 종일 함께해도 지루하지 않고 오늘 얼굴을 보고도 내일 또 만날 수 없는 게 안타깝기만 한 그런 사이.

이따금 예기치 못한 불행이 한꺼번에 몰려와 내 삶 전체가 흔들리는 순간에도 이 친구를 통해 확신하게 된다. 나는 혼자가 아니라는 사실을, 지금 힘든 것은 잠시일 뿐 나는 곧 다시 웃게 될 것이라는 사실을.

[난 너랑 놀 때가 제일 재밌어! ㅋㅋ]

방금, 친구에게 카톡을 한 통 보냈다.
그러자 5초도 안 되어 답장이 왔다.

[나도! ㅋㅋ]

말을 예쁘게 하는 사람

말을 예쁘게 하는 사람이 좋다는 글을 책에 쓴 적이 있다. 어느 날, 그 책을 읽은 지인이 내게 반박을 했다.

"말만 예쁘게 하면 뭘 해. 그럼, 말은 예쁘게 하고 속은 시커먼 사람들도 괜찮다는 거야? 말 잘하는 사람들 믿지 마, 그거 다 사기꾼이야."

솔직히 좀 놀랐다. 생각이 너무나도 극단적인 만큼 말투도 공격적이어서. 그리고 그 사람으로 인해 다시 한번 깨달았다. 나는 역시 말을 예쁘게 하는 사람이 좋다는 것을.

말을 예쁘게 한다는 건, 남을 속이기 위해 겉만 번지르르한 듣기 좋은 말을 한다는 것이 아니다. 같은 상황에서도 어떻게 말을 해야 상대가 불편해하지 않는지, 어떻게 말을 해야 지금의 좋은 분위기를 계속 유지할 수 있는지, 상대의 마음을 늘 배려하면서 말을 하는 사람이다.

상대가 나와 생각이 다르더라도 공격적이거나 무례하게 말하지 않고, 따뜻하고 다정하게 말하는 법을 아는 사람. "네 말은 틀렸어."가 아니라 "너는 그렇게 생각하는구나." 고개를 끄덕일 줄 아는 사람.

말을 예쁘게 한다는 건
상대의 마음을 늘 배려하고 있다는 거다.

말을 예쁘게 하는 당신이 좋다.

나를 더 많이 아껴 주고

나를 더 많이 사랑해 주기.

꿈

초등학교 때, 지역에서 주최한 백일장에 나가 금상을 받은 적이 있다. 모두의 축하 속에 기뻐하고 있는 그때, 함께 백일장에 나갔지만 입상하지 못한 한 학년 위의 언니가 나를 노려보며 "너 진짜 재수 없는 거 알지?"라고 했다.

몰랐다. 원래 본인은 본인이 재수가 있는지 없는지 모른다. 그런데 언니가 너무 무서워서 무작정 사과를 하고 집에 돌아와 이불을 뒤집어쓰고 펑펑 울었다. 어린 마음에 그때는 언니가 진짜 미웠는데 곰곰이 생각해 보면 그 말은 최고의 칭찬이 아니었나 싶다.

실력이 너무 뛰어나서,

항상 너무 밝게 빛나서,

뭐든 너무 잘해서,

주변 사람들에게

"너 진짜 재수 없는 거 알지?"라는 말을 자주 듣는

그런 '너'가 되고 싶다.

의심하지 않기

"그래서, 그 말을 하는 저의가 뭐야?"

학교 다닐 때 무슨 말만 하면 이렇게 되묻는 친구가 있었다.

시험을 잘 봤다고 해서 축하한다고 해도
"그 말을 하는 저의가 뭐야?"

새로 산 신발이 예쁘다고 칭찬을 해도
"갑자기 그 말을 하는 이유가 뭐야?"

주말 잘 보내라고 인사를 해도
"그거 무슨 뜻이야?"

정말 왜 저러나 싶었다. 내가 마음에 안 드나? 나를 싫어해서 저러나? 무슨 말만 하면 저런 반응으로 돌아오니 나도 썩 기분이 좋진 않았다. 나중에 그 친구에게서 그냥 장난일 뿐이었다는 해명을 듣긴 했지만 그 이상 친해질 수는 없었던 것 같다.

그때는 어린 마음에 그게 정말 별로라고 생각했는데 시간이 많이 흐른 지금, 그 친구와 같은 행동을 하는 나 자신을 발견하게 되었다. 나이가 들면서 이런저런 일들을 겪고 사람에게 많이 데이다 보니 상대가 하는 말을 자꾸 의심하게 되고 숨은 속뜻을 찾아내려고 하는 습관 같은 게 생겼다.

그리고 그 습관은 정말이지 나를 피곤하게 만들었다. 누가 칭찬을 해도 칭찬을 칭찬으로 받아들이지 못하고 저 사람이 갑자기 왜 저런 말을 하나 의심하고, 누가 지나가듯 하는 말도 그냥 흘려듣지 못하고 저 사람이 저런 말을 하는 데는 이유가 있을 텐데, 고민하며 끙끙대는 나 자신을 마주하게 되었다.

그래서 요즘은 연습을 하고 있다.

누가 예쁘다고 하면
기분 좋게 칭찬을 받아주고

누가 축하한다고 하면
별일 아니어도 고마운 마음으로 축하를 받고

누가 바쁘다고 갑자기 약속을 취소하면

정말 바쁘구나 이해해 주고

누가 미안하다고 하면 속마음을 의심하지 않고

그래, 괜찮아 라고 해 주는 연습.

내 앞에 있는 상대를 의심하지 않고

있는 그대로 받아들이기 위한 연습.

몇몇 이상한 사람들 때문에 세상 모든 사람의 호의를 불신하며 살아가고 싶지는 않다. 혹시나, 어쩌면, 하는 불신 때문에 내가 기쁠 때 함께 기뻐해 주고 내가 슬플 때 함께 슬퍼해 준 고마운 사람들의 진심까지 의심하고 싶지 않다.

그래도 아직은 내가 살아가는 이곳이

따뜻한 세상이라는 것을 믿고 싶다.

당신이 따뜻한 사람이라는 것을

나는 안다.

내일은 다를 거예요

삶이 지치고 힘든 날,

우울한 일이 너무 많아서 뭐가 우울한지

설명하기도 힘든 날,

할 일은 많고 가슴은 답답하고

마음먹은 대로 되는 게 하나도 없어

하루 종일 한숨만 나오는 그런 날.

전화를 걸어

앞뒤 전후 사정을 모두 생략한 채

아무 설명도 없이 "우울하다." 한마디 했을 뿐인데

"그래서 지금 어디라고? 기다려, 내가 지금 갈게."

라는 말을 해 주는 사람이 있다는 거.

그 한 사람만으로도 충분히 살아갈 이유가 되지 않을까요.

당신,

오늘은 좀 우울할지 몰라도

내일은 다를 거예요.

당신 곁엔 좋은 친구가 있다는 걸 잊지 마세요.

생일 축하해

이 계절이 왜 이렇게 따뜻한가 했더니
온종일 네가 웃고 있더라.

저물어 가는 계절 속
소중히 간직해야 할 선물 같은 순간이
하나 더 늘었다.

나에게 좋은 사람

모두에게 좋은 사람이 되고 싶고

모두에게 좋은 사람으로 보여지고 싶지만

가끔 그렇지 못하더라도

'뭐 어쩔 거야.'

'모두에게 좋은 사람이 되는 게 얼마나 힘든데.'

'한 번씩 삐걱거릴 수도 있는 거지.'

'괜찮아, 오히려 인간적이야.'

하고 쿨하게 넘길 수 있는 그런 사람이 되고 싶다.

가끔 뒤돌아보기

예전에 그림을 그리는 친구를 만난 적이 있다. 우리는 걷는 걸 좋아해서 만나면 밥을 먹고 근처 공원을 함께 산책하곤 했다.

그런데 그 친구에게는 한 가지 습관 같은 게 있었다. 앞을 보며 나란히 걷다가 종종 뒤를 돌아보곤 하는 습관. 조금 멀리 왔다 싶을 땐 어김 없이 뒤를 돌아 무언가를 확인하는 듯했다. 처음에는 대수롭지 않게 생각했지만 그런 일이 반복되다 보니 어느 날은 궁금해졌다.

그래서 그 친구에게 왜 자꾸 뒤를 돌아보는 거냐고 물었다.

"앞을 보고 걸으면 지금 이 풍경밖에 보지 못하지만 뒤를 돌아보면 새로운 풍경을 볼 수 있거든."

응? 그게 그거 아니야? 앞으로 보나 뒤로 보나 똑같은데 뭐가 새롭다는 거야? 의아해 하는 내게 친구는 말했다.

"나는 더 많은 걸 보고 더 많은 걸 느끼고 싶거든."

음, 그렇구나. 대충 고개를 끄덕였지만 사실 그때는 그 말을 이해할 수 없었다.

나중에 그 친구가 그린 그림들을 확인한 후에야 앞에서 볼 때와 뒤를 돌아볼 때의 세상이 미묘하게 다르다는 걸 알게 됐다. 달라진 건물의 위치와 바람의 방향, 하늘의 색깔, 구름의 모양 같은 것들. 같은 세상이었지만 전혀 다른 풍경이었다.

시간이 흘러 그 친구와는 별다른 이유 없이 서서히 멀어지게 되었지만 이후 나에게는 한 번씩 뒤를 돌아보는 습관 같은 게 생겼다. 앞을 보고 걷다가 조금 멀리 왔다 싶은 생각이 들 때면 어김없이 뒤를 돌아보곤 한다.

한 번씩 뒤를 돌아보면
앞을 보고 걸을 때는 볼 수 없었던
또 다른 세상을 볼 수 있으니까.

더 많은 것을 보고
더 많은 것을 느끼고
더 많은 마음을 나누며 살아가고 싶다.

당신이 가끔 뒤를 돌아보는 사람이었으면 좋겠다.

앞만 보고 걸을 때는 볼 수 없는 아름다운 풍경을

당신에게도 선물해 주고 싶다.

끈기 없는 사람

나는 중학교 때 처음 글을 썼고 서른이 넘어 첫 책을 출간했다.

이 이야기를 하면, 나를 잘 모르는 사람들은 한 가지 일을 꾸준히 한 나를 칭찬하며 대견해한다. 하지만 사실 나는 꾸준하지 않았다. 작가가 되고 싶었지만 공모전에 100번도 넘게 떨어졌고 그때마다 글을 그만 쓰고 싶었다.

그래서 그때마다 글 쓰는 걸 그만두고 다른 꿈을 꾸었다. 어떤 날은 선생님이 되고 싶었고, 어떤 날은 평범한 직장인이 되고 싶었고, 어떤 날은 빵집 사장이 되고 싶었다. 그래서 어떤 날은 학원에 다녔고, 어떤 날은 평범한 회사에 면접을 보러 다녔고, 어떤 날은 빵집에서 일을 했다.

그만두고 싶을 땐 그만뒀고, 새로 하고 싶은 일이 생기면 망설이지 않고 하고 싶은 일을 했다. 나는 꾸준히 한 가지 일을 했던 게 아니라, 꾸준히 하고 싶은 일을 했을 뿐이다.

사람들은 말한다. 무슨 일을 하든지 한 가지 일을 꾸준하게 하는 게 중요하다고. 학교에서도 그렇게 배웠다.

하기 싫은 걸 참고 한 가지 일을 오래 하는 사람
= 끈기 있는 사람

하기 싫은 일을 금방 그만두고 새로운 일을 찾는 사람
= 끈기 없는 사람

하지만 세상이 바라는 사람이 되기 위해 하기 싫은 일을 억지로 하면서 재미없는 삶을 살기는 싫었다. 끈기 있는 사람이 되었다면 나는 지금 여기까지 올 수 없었을 거다. 내가 작가가 될 수 있었던 것은, 빵집에서 일을 하다가 다시 글이 쓰고 싶어졌을 때 망설임 없이 글을 쓰기 시작했기 때문이다.

지금 이 글에 깊이 공감하는 당신에게 이 말을 해 주고 싶다.

당신은 끈기가 없는 게 아니라
꾸준히 좋아하는 일을 하는 것뿐이다.

지금 잘하고 있다.
그리고 당신의 선택이 옳다.

열심히 사는 이유

오랜만에 조카를 만났다. 조카와 놀아 주다가 잠시 쉴 겸 핸드폰을 켜는데, 그 모습을 옆에서 가만히 지켜보던 조카가 이런 말을 했다.

"고모,
고모 인터넷에 검색하면 나온다고
내가 내 친구들한테 자랑했다?"
"그래?"
"응, 친구들이 완전 신기해했어."
"그랬구나."

대수롭지 않게 답을 하고 핸드폰을 보는데 조카가 또다시 말을 걸었다.

"근데, 고모 이번 책에도 내 이야기 나와?"

"응, 미주 이야기 나와."

"진짜? 친구들한테 또 자랑해야지!"

미주는 신이 나서 어디론가 달려갔고 나는 핸드폰을 잠시 내려 두고 한동안 미주가 사라진 방향을 바라보았다.

사랑하는 사람의 자랑거리가 된다는 거,
제법 괜찮은 삶이라는 생각이 들었다.

미주가 좋아하는 걸 오랫동안 보고 싶다.
지금보다 더 멋진 사람이 되어
계속 미주의 자랑거리가 되고 싶다.

사랑하는 사람이 나로 인해

조금이라도 더 많이 웃고

조금이라도 더 행복해하는 걸 보고 싶다.

더 열심히 살아야겠다.

그럴 수 있다

타인을 바라보면서 종종 이런 생각을 할 때가 있다.

'쟤는 왜 저럴까?'
'내 생각을 안 하나?'
'나를 조금만 더 생각해 주면 좋을 텐데.'
'왜 항상 저런 식이지?'

보통 친한 친구나 사랑하는 연인이 나를 서운하게 할 때, 이런 생각을 하곤 한다.

내 경우엔 친구가 사소한 실수를 했을 때, 연인이 내가 했던 말을 기억하지 못하고 그냥 지나칠 때, 나는 안 그러는데 쟤는 왜 저럴까 생각하며 혼자 상처받곤 했다.

그러다 한 번은 나도 누군가에게 실수하게 된 적이 있다. 무심히 한 실수에 상대는 "그럴 수 있어. 나도 그럴 때 있어."라고 말하며 나를 다독여 주었다.

그때 알게 됐다.

나의 소중한 사람이 의도치 않게
나에게 실수를 했을 때는
"왜 그랬냐."고 따지는 게 아니라
"그럴 수 있다."고
그 마음을 헤아려 줘야 한다는 것을.

사람은 누구나 실수를 한다. 실수하고 싶지 않아도 실수를 하게 된다. 우리는 부족한 것투성이고 모두 완벽하지 않은 존재들이다. 누군가를 만나고, 사랑하고, 미워하고, 실수하고, 상처받고, 그래도 다시 또 믿어 주고, 이해해 주고, 불완전한 우리는 그렇게 서로 의지하고, 서로의 부족함을 채우면서 살아가는 것이다.

그러니까, '쟤는 왜 저럴까.' 생각하며 혼자 상처받지 말고
'쟤도 일부러 그러는 건 아닐 거야.'
생각하고 이해해 주자.
내가 더 많이 이해해 주고 내가 더 많이 믿어 주자.

나의 소중한 사람들을 위해.

진정한 친구

내가 울 때마다 나를 울보라고 놀리는 친구가 있다.

슬픈 영화를 보거나 슬픈 노래를 들었을 때, 누군가의 안타까운 이야기를 들었을 때, 내가 눈물을 보일 때마다 친구는 나를 울보라 놀리곤 했다.

하지만 나에게 정말 슬픈 일이 있을 때면 친구는 가장 먼저 달려와 나와 함께 울어 주었다. 사랑하는 사람과 헤어졌을 때, 몸이 아주 많이 아팠을 때, 꿈을 포기해야 했을 때, 친구는 펑펑 우는 나를 울보라 놀리지 않고, 내 등을 토닥이며 나와 함께 뜨거운 눈물을 흘려 주었다.

생각해 보면 내 진짜 친구들은 항상 그랬던 것 같다.

평소에는 나를

울보라고, 바보라고, 멍청이라고, 놀리면서

내가 한없이 작아지고 초라해질 때마다 어김없이 나타나

너는 최고라고, 잘할 수 있다고,

너한테는 내가 있으니 걱정하지 말라고,

나를 위로하곤 했다.

고맙다, 친구야.

너의 이야기야.

내 편

아는 언니와 함께 점심을 먹던 중이었다. 김밥에 있는 햄을 옆으로 슬쩍 빼놓았는데, 그걸 본 언니가 잔뜩 상기된 얼굴로 외쳤다.

"너도 햄 싫어해? 나도 싫어해!"

나는 어릴 때부터 햄을 싫어했다. 햄을 조리했을 때 풍기는 특유의 향을 싫어한다. 그래서 학창 시절에는 급식에 햄 반찬이 나오면 옆에 있는 친구들에게 햄을 나눠 주곤 했다. 그때마다 친구들은 이런 말을 했다.

"이 맛있는 걸 왜 안 먹어?"
"그러지 말고 한 번 먹어 봐."

"햄이 얼마나 맛있는데."

나를 생각해서 하는 말이라는 걸 알지만 밥을 먹는 내내 특이한 사람 취급을 당해야 했던 건 좀 곤욕이었다. 이 이야기를 언니에게 해 주었더니 언니는 격하게 공감하며 자신의 어린 시절에 관한 이야기를 들려 주었다. 햄을 싫어해서 겪은 소소한 에피소드들에 대하여.

나 또한 언니의 어린 시절 이야기를 들으며 많은 부분 공감했다. 우리는 대화하는 내내 마치 영혼의 단짝을 만난 것처럼 손뼉을 마주치며 좋아했다. 정말 별것 아닌 건데, 너무 사소한 건데, 그 별것 아닌 사소한 것을 함께 싫어할 수 있다는 것에, 나는 알 수 없는 희열을 느꼈다.

사람들이 아무리 맛있다고 해도 내 입에 맞지 않으면 맛없는 음식이고, 사람들이 아무리 좋다고 해도 내 취향에 맞지 않으면 싫을 수밖에 없다.

좋아하는 게 겹칠 때보다 싫어하는 게 겹칠 때 사람은 더 깊은 친밀감을 느낀다고 한다. 그런 것 같다.

"나 이거 싫어."라고 했을 때
"너도 그게 싫어?"
"나도!"
"나 그거 뭔지 알아."
"나도 그런 거 완전 싫어!"
라고 해 줄 수 있는 사람.

좀 유치할 수도 있지만 인생을 살아갈 때는

나와 같은 것을 싫어해 줄 수 있는

무조건적인 내 편이 한 명쯤은 필요한 것 같다.

기다려 주는 사람

예전에는 말하지 않아도 내 마음을 알아주는 사람이 좋았는데, 지금은 내 마음을 알아도 적당히 모르는 척해 주는 사람이 좋다.

누군가로 인해 속상한 마음,
마음처럼 되지 않아 우울한 마음,
준비되지 않은 이별로 상처받은 마음,

감당할 수 없는 큰 슬픔이 몰려올 때는 혼자 조용히 마음을 정리할 시간이 필요하다. 나의 불행을 적당히 모르는 척해 주면서 이런저런 질문을 늘어놓지 않고 내가 스스로 마음을 정리할 때까지 한 걸음 물러나서 묵묵히 나를 기다려 주는 사람이 좋다.

오늘 밤에 할 일

에어컨 약하게 켜기

걱정 그만하기

좋은 생각하기

좋은 꿈꾸기

아빠의 쓴소리

고대 로마의 그리스인 철학자 플루타르코스는 말했다.

"내가 고개를 끄덕일 때 똑같이 끄덕이는 친구는 필요 없다. 그런 건 내 그림자가 더 잘한다."

어릴 때는 무조건 내 편을 들어 주는 사람이 좋았고, 늘 나에게 좋은 말을 해 주는 사람이 좋은사람이라고 생각했다.

그래서 나는 아빠가 싫었던 적이 많다. 아빠는 내가 학교에서 1등을 하고 오면 자만하지 말라며 들떠 있는 나를 나무랐고, 친구와 싸우고 오면 너도 잘못한 게 있다며 나를 꾸짖었다.

그냥 축하한다고 해 주면 안 되나?

그냥 무조건 내 편을 들어 줄 순 없나?

다른 아저씨들은 안 그러는데 우리 아빠는 왜 그럴까.

사춘기 시절에는 그게 참 속상했고 그런 아빠가 미웠다. 하지만 요즘 들어서 느끼는 건 그때 아빠의 애정 어린 쓴소리가 없었다면 나는 이렇게 바르게 성장할 수 없었을 거라는 것이다.

그때 아빠가 자만하지 말라는 말을 해 주셨기 때문에 전교 1등을 하고도 나는 계속 더 열심히 공부할 수 있었고, 모두가 내 편을 들어 주던 순간에도 나를 꾸짖어 주신 덕분에 내가 아닌 다른 친구의 마음도 헤아릴 수 있는 사람이 될 수 있었다.

듣기 좋은 말은 누구나 해 줄 수 있지만, 나를 위한 진심 어린 조언은 나를 정말 사랑하는 사람이 아니면 해 줄 수 없다. 내가 잘못된 길을 가고 있을 때 나에게 스스럼없이 쓴소리를 하고, 아닌 건 아니라고 거침없이 말해 주는 사람이 지금 내 옆에 있다면 절대 그 사람을 놓쳐서는 안 된다.

나도 모르는 나의 결점을 발견하고
아낌없이 조언해 주며
더 좋은 방향으로 성장할 수 있도록 도와주는
그 사람이 당신을 진심으로 사랑하는 사람이다.

우리 아빠는 1등을 한 내게 자만하지 말아라 말씀하시고는 동네 친구들에게 가서 우리 딸이 1등을 했다며 나를 자랑했고, 친구와 싸우고 온 내게 너도 잘못했다며 나를 꾸짖으시고는 속상해서 그날 밤새도록 한숨을 쉬셨다.

우리 아빠는 그런 사람이었다.
그리고 그건 당신을 사랑하는 사람도 마찬가지다.

당신을 진심으로 사랑하는 사람은
당신에게 애정 어린 쓴소리를 하면서도
마음속으로는 누구보다 당신이 잘되기만을 바라고 있다.

좋은 마음

퇴근을 하고 집에 들어가던 중이었다. 1층에서 엘리베이터를 타고 올라 가려는데 저 멀리서 뛰어오는 꼬마가 보였다. 엘리베이터에서 몇 번인가 마주친 적이 있는 3층 사는 꼬마였다. 닫히려는 엘리베이터 문을 다시 열고 꼬마를 기다렸다. 고맙습니다, 인사를 하고 엘리베이터에 탄 꼬마는 3층 버튼을 눌렀다. 그리고는 나를 빤히 바라보았다.

"…??"

묘한 시선을 감지한 내가 꼬마를 향해 무언의 눈빛을 보냈다. 그러자 꼬마의 입에서 뜻밖의 말이 나왔다.

"누나가 어떤 사람인지 알 것 같아요."

이름도, 나이도, 모르고 엘리베이터에서 몇 번 스친 사이에 내가 어떤 사람인지 알 것 같다니. 좀 당돌하다는 생각이 들면서도 호기심이 생겨서 물었다.

"어떤 사람인 것 같은데?"
"좋은 사람이요."

망설임 없이 대답한 꼬마는 꾸벅 인사를 하고는 3층에서 내렸고, 나는 괜히 머쓱해져서 얼른 엘리베이터 닫힘 버튼을 눌렀다.

좋은 마음은 좋은 마음으로 돌아온다.
더 좋은 사람이 되어야겠다.

나는 나대로

그런 사람들이 있다. 눈치 보지 말라고 해 놓고 엄청 눈치 보게 만드는 사람. 상처받지 말라고 해놓고 상처가 되는 말을 거침없이 하는 사람. 편하게 생각하라고 해 놓고 세상 불편하게 만드는 사람.

착한 사람들은 그런 사람들을 만나면 곰곰이 자기 자신을 검열하게 된다.

'눈치 보지 말라고 했는데 내가 왜 자꾸 눈치를 보지?'
'다 나를 위해서 하는 말일 텐데. 내가 왜 상처받고 있지?'
'소심하게 굴지 말자. 저 사람은 나 때문에 얼마나 불편하겠어.'

내가 아닌 상대를 더 걱정하고, 상대가 바라는 대로 되지 못하는 나를 자책하며, 지난날 나의 행동들을 반성하곤 한다.

그런데 그게 진짜 내 잘못인 걸까?
내가 바뀌어야 하는 걸까?

물론 필요 이상으로 내가 눈치를 많이 보는 사람일 수도 있다. 그래서 본의 아니게 상대를 불편하게 했을 수도 있다. 하지만 그렇다고 해서 나를 너무 다그치지는 말자. 상대가 바라는 대로 나를 바꾸지 않아도 된다. 그렇게 하지 않으려고 하는데도 자연히 나의 모습이 나오는 것을 억지로 고치려 할 때 가뜩이나 힘든 나의 삶은 더 고단해지고 나는 점점 더 지쳐간다.

눈치 보여 죽겠는데 눈치 보지 말라고 윽박지르고, 불편해 죽
겠는데 편하게 생각하라고 강요 아닌 강요를 하고, 계속해서
자기 입맛에 맞게 나를 바꾸려고 하는 사람이 있다면, 그런 사
람과는 서서히 거리를 두자.

"저는 지금이 편해요."라고 웃으며 말하고 그 사람과는 조금
씩 선을 긋자.

그런 사람들은 눈치를 안 보면 너무 안 본다고, 편하게 생각하
면 너무 편하게 생각한다고, 또 꼬투리를 잡을 사람들이다. 안
그러려고 하는데도 자꾸 눈치가 보이고, 자꾸 상처받게 되고,
자꾸 불편한 상황이 생긴다는 건, 그럴 만한 이유가 있기 때문
이다.

내 잘못이 아니다.

나를 바꾸지 않아도 되고

누군가의 틀에 나를 억지로 맞추지 않아도 된다.

나는 그냥 나대로 살아가면 된다.

눈치 보지 말라고 할거면

눈치 보이게 만들지 말고

상처 받지 말라고 할거면

상처 주는 말을 하지 말고

편하게 생각하길 바란다면

불편한 상황을 만들지 말아주세요.

괜한 사람 잡지 말고.

안물안궁

"야, 쟤가 네 욕하더라."

학창 시절, 친한 친구가 내 뒷담화를 한다는 말을 다른 친구에게 전해 듣고 마음고생을 심하게 했던 적이 있다. 몇 날 며칠을 펑펑 울다가 친구에게 말했더니 전혀 그런 의도로 한 말이 아니라는 답변이 돌아왔다. 전달되는 과정에서 말이 와전된 것이라고. 예를 들면 "쟤는 좀 창의적이야." 라고 했던 말이 여러 명에게 전달되면서 "쟤 좀 이상해."라고 되어 버린 것.

그 뒤로 나는 남의 말을 전달하는 사람을 잘 믿지 않는다. 설사 진짜 누군가 나에 대해 안 좋은 이야기를 했다고 해도, 모르고 넘어갈 수도 있는 이야기를 굳이 나에게 전달하는 이유가 무엇인지. 단순히 정보 전달이 목적이라고 하기에는 의도가 너무도 명확해 보이니까.

대수롭지 않게 넘어갈 수 있는 별거 아닌 말도 다른 사람의 입을 통해 들으면 왠지 신경이 쓰이고 기분이 언짢아지기 마련이다. 마치 내 편인 척, 나를 생각해서 하는 말인 척, 자기는 좋은 사람인 척하지만 듣는 사람의 입장에서는 뒷담화를 하는 사람이나, 그 말을 옮기는 사람이나, 다 똑같아 보인다.

세상 모든 사람이 나를 좋아할 수 없다는 걸 우리는 이미 알고 있다. 누군가 나를 안 좋게 볼 수도 있고 나에 대해 안 좋은 이야기를 할 수도 있다. 하지만 나에게도 그런 일이 있을 수 있다고 어렴풋이 짐작만 하는 것과 그 실체를 실제로 마주하게 되는 것은 전혀 다른 이야기다.

몰라도 되는 것을 확인하면서까지 상처받고 싶지도 않고, 근거 없는 이야기에 일일이 휘둘리고 싶은 마음도 없다.

나를 미워하고 싫어하는 사람들을 생각하며
불행하게 살기보다는
나를 좋아하고 사랑하는 사람들을 생각하며
행복하게 살아가고 싶다.

내가 없는 곳에서 하는 나에 대한 안 좋은 이야기들 듣고 싶지 않다. 알고 싶지도 않고.

"야, 쟤가 네 욕하더라."
"ㅇㅇ. 안물안궁."

잘하고 있어요

인생이 마치 『마션』의 첫 문장처럼

흘러가고 있다는 느낌을 받은 적이 있다.

야심 차게 준비했던 공모전에서 탈락했고, 떡볶이를 먹다가

핸드폰을 떨어뜨렸고, 핸드폰 액정이 산산조각이 났고, 떡볶

이는 맛이 없었고, 잘 지내던 남자친구와 싸웠다. 나는 불행했

고, 불행했고, 또 불행했다. 이번 생은 좀 망한 것 같았다. 그날

침대에 누워서 죽고 싶다는 생각을 하며 잠이 들었다.

그렇게 일주일이 지났다. 믿을 수 없는 일이 벌어졌다.

공모전에는 떨어졌지만 내 글을 눈여겨봐 주신 피디님에 의해

나는 새로운 프로젝트에 합류할 수 있는 기회를 얻었고, 핸드폰

액정이 산산조각 났지만 보험을 들어 놓은 덕에 무사히 핸드폰을 수리할 수 있었고, 핸드폰 A/S 센터 옆에서 떡볶이 맛집을 발견할 수 있었고, 사랑하는 남자친구와 화해하고 사이가 더 돈독해졌다. 이번 생이 망한 건 아니라는 생각이 들었다. 그날 침대에 누워서 다시 살아야겠다는 생각을 하며 잠이 들었다.

그래, 끝날 때까지 끝난 게 아니라는 말이 있다.

인생은 아무도 모르는 것이다.

끝이라고 생각했는데 끝이 아닌 일도 있다.

망했다고 생각했는데 새로운 기회가 찾아올 때도 있는 것이다.

만약 당신이 지금까지 너무 불행한 삶을 살아왔거나, 지금 현재 너무 불행한 길을 걷는 중이거나, 앞으로의 미래 또한 너무 불행할 것만 같은 생각이 든다면, 그래서 어느 날 갑자기 삶을 포기하고 싶은 순간이 온다면,

당신은 지금 잠시 힘든 길을 가고 있는 것일 뿐이다.

아직 끝이 아니라는 것을,
이 길을 지나면 아름다운 꽃길이
당신을 기다리고 있다는 것을,
최선을 다한 당신에게는
반드시 좋은 날이 올 것이라는 사실을,
잊지 말았으면 좋겠다.

끝날 때까지 끝난 게 아니다.

당신은 망하지 않았고,

당신에게는 반드시 좋은 날이 온다.

당신은 지금 잘하고 있다.

현재를 살기

이삿짐을 정리하다가 10년 전의 일기장을 발견해서 호기심에 읽어보기 시작했다. 그런데 일기장에는 어찌된 영문인지 기쁘고 좋은 일들은 하나도 없고 무언가를 걱정하고, 불안해하고, 고민하는 내용들로 가득했다.

내가 이렇게 불행한 사람이었나?
일기장에는 왜 불행한 내용들 밖에 없지?

그 시절의 나는 방송국에 취업을 해 어린 시절부터 즐겨 본 프로그램의 제작 피디님과 함께 일을 하고 있었고, 꿈에 그리던 이상형을 만나 행복한 연애를 하고 있었다. 일도 사랑도 모든 것들이 완벽하게 균형을 이룬 채 나는 누구보다 뜨겁고 열정적이었으며 눈이 부실만큼 반짝반짝 빛나는 삶을 살아가고 있었다. 하지만 나의 일기장에는 그런 내용들이 온데간데없이 온통 미래에 대한 걱정과 불안으로 가득했다.

그때의 나는 유난히 걱정이 많은 사람이었던 것 같다.

이미 지난 과거의 일을 되새기며 그땐 왜 그랬을까 후회를 하고, 지금 이 순간 너무 행복하고 만족스러운 삶을 살아가고 있으면서도 이 행복이 깨어지면 어떡하나 걱정을 하고, 일어나지도 않은 미래의 상황을 미리 예측하며 불안해하곤 했다.

돌이켜 보면 그 시절 내가 했던 걱정들의 90%는
현실에서 일어나지 않았고
5%는 일어났지만 잘 해결된 일이었고

나머지 5%는 해결되지 않았지만

내가 걱정했던 것만큼 최악의 상황까지 치닫지는 않았다.

나는 가끔씩 흔들렸지만

대부분의 순간들이 행복했고

그 시절은 내 생애 가장 찬란하게 빛나던 시절이었다.

일기를 다 읽고 이삿짐을 다시 싸면서 이제는 좀 달라져야겠

다는 생각을 했다. 이미 지난 과거와 아직 오지 않은 미래를

걱정하며 불행한 삶을 살아가기 보다는 지금 이 순간 행복한

사람이 되어야겠다.

과거는 이미 지나갔고 미래는 아직 오지 않았다.

지금 현재를 살자.

아직 아무 일도 일어나지 않았고

내가 걱정하는 일은

앞으로도 일어나지 않을 가능성이 더 크다.

행복한 순간에는 행복한 생각만 하자.

나는, 그리고 우리 모두는,

지금 이 순간 행복해야 할 자격이 있다.

세상에서 가장 중요한 것

공모전 준비로 방 안에 틀어박혀 글만 쓴 적이 있다.

가끔 물과 간식을 사러 집 앞 편의점에 갈 때를 제외하고는 아무도 만나지 않고 정말 방 안에서 글만 썼었다. 그렇게 며칠이 흘렀을까. 어느 날 눈을 떴는데 머리가 깨질 것처럼 아팠다. 평소에도 이유를 알 수 없는 두통에 시달렸기에 대수롭지 않게 생각하고 집에 있는 두통약을 챙겨 먹었다.

하지만 그다음 날도 머리는 계속 아팠다. 그다음 날은 가슴이 답답했다. 그다음 날은 몸이 으슬으슬 추웠다. 한여름에 감기인가? 온종일 켜 놓고 있던 에어컨을 끄고 다시 글을 쓰는 데 집중했다. 공모전 마감일이 임박했기 때문에 나는 잔뜩 예민해진 상태였다.

하지만 집중이 되지 않았다. 컨디션은 여전히 안 좋았고 한여름에 에어컨을 껐더니 더워 죽을 것 같았다. 몇 시간 동안 노트북 앞에 앉아 있으면서도 글을 한 자 쓰질 못했다. 모든 것들이 지긋지긋했다. 정말 죽고 싶은 심정으로 머리를 쥐어뜯다가 답답한 마음에 창문을 열었다.

그런데 그때 나도 모르게 내 입에서 "아, 살겠다."라는 말이 튀어나왔다. 온기 섞인 바람이 방 안으로 들어오는 순간 속이 뻥 뚫리고 머릿속이 정화되는 것을 느꼈다.

시간이 흘러, 그렇게 열심히 쓴 글이 공모전에 최종 탈락했다는 연락을 받았지만 나는 낙담하지 않았다.

이 일을 계기로 깨닫게 된 게 세 가지 있다.

같은 일을 오래 하면 사람은 지친다는 것.
그래도 꾹 참고 계속 하다 보면 몸과 마음이 병든다는 것.
그럴 땐 쉬어야 한다는 것.

나는 지금도 여전히 글을 쓰고, 마감일이 다가오면 곧잘 예민해지곤 하지만, 그날 이후 조금 바뀐 게 있다. 해야 할 일이 많아 너무 바쁘고 피곤한 날, 그래서 가슴이 답답하고 머리가 깨어질것처럼 아픈 그런 날, 늘 먹던 두통약을 챙겨 먹는 대신 잠시 하던 일을 멈추고 나를 재정비하는 시간을 가진다.

창문을 열어 하늘을 보고, 좋아하는 노래를 듣고, 밖에 나가 산책을 하고, 친한 친구에게 전화를 걸어 수다를 떨고, 맛있는 빵을 사서 집으로 돌아온다.

인생은 속도보다는 방향이 더 중요하다는 것을 이제는 안다.

힘들 땐 잠시 쉬었다 가자.
걷다가 지칠 땐 잠시 앉았다 가자.
멈추고 싶은 순간이 오면 잠시 멈추고
주저앉고 싶은 순간이 오면 잠시 주저앉아도 된다.
잠시 쉬었다 가는 건 남들보다 뒤처지는 게 아닌
다시 일어나기 위해 힘을 모으는 일이다.

시험에 합격하고, 공모전에 당선되고, 해야 할 일을 빠르게 완수하는 것보다 우리의 인생에서 더 중요하고 우선시 되어야 할 것은 내 몸과 마음의 건강이라는 사실을 잊지 않았으면 좋겠다.

'내일이 있다.'라는 말이
게으른 사람들을 위한 어설픈 변명이 아닌
지금 이 순간 최선을 다해 살아가는
당신을 향한 작은 위안이 되기를 바란다.

오늘 가지 못하면 내일 가면 된다.
서두르지 않아도 된다.
조금 늦어도 괜찮다.

그 어떤 것도

당신보다 중요한 것은 없다.

지금, 행복한가요?

우울하고 슬픈 날에만 나를 안아 주지 말고 기쁘고 행복한 날에도 나를 안아 주세요. 그동안 많이 힘들었을 텐데 우울하고 슬픈 것들 다 이겨 내고 다시 일어나느라 고생했다고, 대견한 나를 꼭 안아 주세요. 당신이 지금 찬란하게 빛나고 있는 것은, 수천 번의 좌절과 우울을 극복한 과거의 당신이 있었기 때문인지도 모릅니다.

누구도 당신을 알아주지 않고
아무도 당신을 인정해 주지 않아도
당신만은 당신을 알아주고 인정해 주기를.
여기까지 오느라 고생했다고 따뜻하게 안아 주기를.

PART 03

당신은
더 행복할 거고
더 잘될 거예요

첫사랑

더 많이 사랑하는 것밖에는

방도가 없는 게 사랑이라는 것을

내게 알려 준 사람이 당신이어서

어제도 사랑했고

오늘도 사랑하고

내일도 사랑할 수밖에 없다.

운명

누군가를 처음 만났을 때
심장이 쿵 하고 내려앉는 순간이 있다.

내가 이 시간에, 이 장소에 있다는 게, 이 사람을 만나기 위해
서라는 생각이 강하게 드는 순간이 있다. 왠지 이 사람을 절대
놓쳐서는 안 될 것 같은 느낌이 드는 그런 순간이 있다.

처음 만났을 때부터 좋았다.
운명이라는 생각을 했다.
그게 너였다.

사랑학개론

누군가를 좋아하면 사람은 변한다. 그 사람에게 잘 보이고 싶어서, 평소 하기 싫었던 일도 척척 해내게 되고, 귀찮았던 일도 의욕적으로 하게 되고, 이전에는 하지 않았던 새로운 일에도 도전을 마다하지 않는 용기가 생기게 된다. 충분히 예민해질 수 있는 상황에서도 싫은 내색을 하지 않게 되고, 타인의 실수나 잘못에도 관대해지며, 아무리 바쁘고 힘들어도 여유를 잃지 않게 된다.

어제와 같은 하늘을 바라보면서도 세상이 참 아름다운 것 같고, 창가에 새어 들어오는 햇볕 한줄기에도 세상은 참 따뜻하다는 긍정적인 생각을 하게 되는가 하면, 특별히 좋은 일이 있는 것도 아닌데 밥을 먹다가, 길을 걷다가, 버스를 기다리다가, 아무 이유 없이 미소를 짓게 되기도 한다.

누군가를 진심으로 좋아하게 되면 사람은 변한다.

그 사람에게 더 좋은 사람이 되어 주고 싶어서.

더 멋진 사람이 되어 주고 싶어서.

약속

사랑을 하면 지켜야 할 것들이 많다.

사랑한다고 하면, 다른 곳을 바라보면 안 되고 온 마음을 다해 사랑을 해야 한다. 사랑하는 사람을 외롭게 하지 말아야 하고, 멀리 떨어져 있을 때는 불안하지 않게 연락을 잘해야 한다. 아무리 바빠도 귀찮아하지 말아야 하고, 사소한 것들을 잘 기억해야 하며, 그 사람이 서운해하지 않도록 노력을 해야 한다.

사랑한다는 이유로 무조건적인 희생을 바라서는 안 되지만, 사랑하기 때문에 나와 다른 상대를 이해하고, 배려하고, 기다릴 줄도 알아야 한다.

사랑은,

다른 말로 하면 약속이다.

사랑한다면, 이 약속은 반드시 지켜야 한다.

고백하기 좋은 날

사랑을 시작하는 사람들에게 나타나는 한 가지 특징이 있다.

아침이든 밤이든 시도 때도 없이 날씨 이야기를 하는 것이다.

"오늘 진짜 날씨 좋다, 뭐 하고 있어?"

"오후부터 비가 온대, 우산 챙겨야 해."

"오늘 밤은 좀 추운 것 같아, 옷 따뜻하게 입었어?"

"창문 좀 열어 봐, 햇볕이 너무 따뜻하고 좋아."

"이렇게 날씨가 좋은 날에는 나가야 하는데."

"벌써 봄이 온 것 같아."

"날이 좋으니까 우리 오늘 만날래?"

어쩌면 날씨가 좋다는 말의 또 다른 뜻은

"너를 좋아해."인지도 모르겠다.

그런 의미에서 오늘따라 진짜 진짜 진짜 진짜,

"날씨가 좋다!"

연애의 좋은 점

아무 이유 없이 기분이 좋아지고

아무 사건 없이 기분이 또 좋아지고

이래도 되나 싶을 정도로 기분이 계속 좋아지다가

나중에는 기분이 너무 좋아서

잠이 안 올 정도로 기분이 좋아지고

다음 날 아침에 일어나서도 계속 기분이 좋아지다가

하루 종일 기분이 좋아지고, 좋아지고, 좋아지고,

그 뒤로도 계속 좋아진다.

서운함에 대처하는 올바른 자세

남자친구와의 저녁 약속이 갑자기 취소된 적이 있다. 회사일 때문에 남자친구가 퇴근을 할 수 없는 상황이었다. 어쩔 수 없다는 걸 알면서도 속상한 마음을 감출 수가 없어 통화를 하면서 남자친구에게 좀 툴툴거렸던 것 같다. 그런데 내가 하는 말을 가만히 듣고 있던 남자친구가 낮게 가라앉은 목소리로 말했다.

"너 요즘 부쩍 서운하다는 말을 자주 하는 것 같아."

순간 뜨끔했다. 최근 서운하다는 말을 자주 했던 건 사실이었기에. 하지만 뜨끔했던 것과는 별개로 이런 생각도 들었다. 그래서 뭐지? 서운하다는 말 좀 그만하라는 건가? 마음이 살짝 상하려는 찰나 남자친구의 말이 다시 이어졌다.

"그런데 그건, 내가 그만큼 너한테 잘못하고 있다는 거겠지.
너를 자꾸만 외롭게 만들어서 미안해. 오늘은 회사 일 때문에
어쩔 수 없지만 앞으로는 내가 더 잘할게."

그 말을 듣는 순간,
속상하고 서운했던 마음이 거짓말처럼 녹아내렸다.

'서운함'이라는 감정은
상대가 나에게 잘못을 했기 때문에 생기는 것이 아니라
상대가 내 마음을 너무 모르는 것 같을 때 생기는 것이다.

서운해 한다고 다그치지 말고

바쁘다고 귀찮아하지 말고

그 마음을 알아주세요.

그리고 따뜻하게 안아 주세요.

세상에서 제일 사랑하는 사람을

외롭게 하지 마세요.

불안을 해소할 방법

사랑을 하면 행복해진다. 가만히 방 안에 누워 흰 천장만 바라보고 있어도 삶이 즐겁고 행복해진다. 하지만 사랑은 늘 행복하기만 한 것은 아니다. 너무 행복해서 때로는 무섭고 너무 사랑해서 때로는 불안하다.

당연한 감정이다. 우리는 사랑하는 사람과 늘 함께이고 싶지만 사랑한다고 해서 늘 함께일 수는 없으며 그 사람과 늘 좋은 관계를 유지하고 싶지만 때로는 예상치 못한 일들이 일어나 관계를 삐걱거리게 하기도 한다.

그 과정에서 우리는 불안하게 된다.
지금의 이 행복이 깨어질까 봐.
이 사랑이 끝날까 봐.

그러면 어떻게 해야 할까?

이 불안을 해소할 방법은 없을까?

포기하지 않으면 된다.

포기하지 말고 내 연인의 옆에 끝까지 함께 있어 주면 된다. 지금 불안하다면, 그래서 무섭다면, 당신이 그 사람을 그만큼 많이 사랑하고 있다는 증거다. 알 수 없는 불안이 찾아와 당신을 힘들게 할 때는 지금 내 옆에 있는 연인을 더 많이 아껴 주고 더 많이 사랑해 주도록 하자. 그러면 상대도 불안해하는 당신을 더 따뜻하게 안아 줄 거다.

사랑은, 힘들 때 서로 의지하고 힘든 마음을 두 사람이 함께 나누는 것이다. 불안을 극복할 수 있는 유일한 방법은 지금 내 옆에 있는 사람을 더 많이 아껴 주고 더 많이 사랑해 주는 것뿐이라는 사실을 잊지 말자.

당신의 사랑이 불안함 없이 늘 행복하기를 바란다.
앞으로도 계속.

착각

누군가를 만나다 보면 이 사람은 나와 정말 잘 맞는 것 같다는 생각이 드는 때가 있다.

유머 코드도 잘 맞고, 음식 취향도 잘 맞고, 성격도 잘 맞는 것 같고, 좋아하는 것도 잘 맞고, 싫어하는 것도 잘 맞는 것 같은 사람. 하나부터 열까지 신기할 정도로 너무 잘 맞아서 운명이라는 생각이 들게끔 하는 그런 사람이 있다.

착각이다.

받는 것에 익숙해지다 보면 종종 놓치게 된다. 언제 어느 때든 나를 먼저 생각해 주고 배려해 주는 그 사람에 대한 고마움을.

내가 좋아하는 것을 해 주기 위해 자신이 좋아하는 것들을 기꺼이 포기하고, 내가 싫어하는 것을 하지 않기 위해 자신의 오랜 습관까지 바꾸려고 노력하는 사람.

운명이라는 생각이 들 만큼
잘 맞는다는 것은
상대가 나에게 맞춰 주기 위해
그만큼 수많은 노력을 하고 있기 때문이다.

혹시 지금 떠오르는 사람이 있다면 당신은 행복한 사람이다.
당신을 진심으로 아끼고 사랑해 주는 누군가가 당신의 옆에
있다는 뜻이니까.

나를 위해 무수히 많은 것들을

양보하고 배려했을 그 사람에게 오늘,

고맙다는 말을 해 보는 건 어떨까.

이해하고 기다려 주기

회사 다닐 때의 일이다. 출근할 때까지만 해도 기분이 좋아 보이던 옆자리 동료가 어느 순간부터 표정이 점점 어두워지더니, 1분에 한 번씩 한숨을 내쉬는 것이 아닌가. 도저히 모른 척할 수가 없었다.

"왜 그래요? 무슨 일 있어요?"
"네, 남자친구가 2시간째 카톡 답장이 없어요."
"바쁜가 보죠. 조금만 더 기다려 봐요."
"사랑이 식은 걸까요?"

응? 그건 좀 아닌 것 같은데?

뭐라고 해야 할지 몰라 답을 고르고 있던 중 동료의 남자친구에게서 카톡 답장이 왔고, 다행히 동료는 다시 표정이 밝아졌다. 사실 그때는 카톡 답장 하나에 일희일비하는 동료의 반응이 좀 당황스러웠지만 퇴근길에 곰곰이 생각해 보니 그럴 수도 있겠다는 생각이 들었다.

사랑에 빠지면 우리는 기대를 하게 된다.

그 사람이라면 나를 행복하게 해 줄 것이라는 기대.

절대 나를 실망시키지 않을 것이라는 기대.

하지만 인생이 그렇게 내가 원하고 바라는 대로만 흘러가진 않는다. 연애를 하다 보면 상대에게 실망하게 되는 일이 생기게 된다. 실망하지 않으려고 해도 꼭 한 번은 그런 일이 생기게 된다. 어쩔 수 없이 약속이 취소되는 일이 생기고, 연락이 늦어질 수밖에 없는 상황이 생기고, 내가 예상하지 못했던 문제들이 여기저기서 생기게 된다. 그리고 그런 과정에서 우리는 이런 생각을 하게 된다.

어떻게 나한테 그럴 수 있지?
나를 사랑하긴 하는 걸까?

일단, 사랑하는 게 맞다.
그리고 사랑하지만 그럴 수도 있다.

혼자 살아가는 세상이 아니기에 내가 보고 싶은 사람만 보면서 내가 하고 싶은 것만 하면서 살아갈 수는 없다. 우리에게는 각자의 삶이 있고 각자 해야 할 일들이 있으니까.

그 사람도 마찬가지다. '어쩔 수 없는 사정'이라는 것은 누구에게나 생길 수 있다. 그 어쩔 수 없는 사정까지 나를 서운하게 하는 것들에 포함하지는 말자. 내가 바라는 대로, 나의 모든 기대에 맞춰 정확히 행동할 수 있는 사람은 이 세상에 없다. 그건 내 욕심이다.

그 사람을 정말 사랑한다면, 그 사람과 오랫동안 행복한 사랑을 하고 싶다면, 그 사람의 어쩔 수 없는 사정까지도 이해하고 기다려 줄 수 있는 사람이 되도록 하자.

너무 바쁘고 정신이 없어서 카톡 답장이 좀 늦더라도,

갑자기 일이 생겨 약속을 좀 미루더라도,

지금, 당신을 만나기 위해 전속력을 다해

달려오고 있을 그 사람은

당신을 아주 많이 사랑하고 있는 것이 분명하다.

부디 당신의 마음이 걱정 없이 편안해지기를 바란다.

그리고 오래오래 행복한 사랑을 하기를 바란다.

옆에 있는 그 사람과 함께.

솔직한 사람

비혼주의자였던 친구가 갑자기 결혼을 한다고 했을 때 우리는 모두 놀랐다. 이유는 모르겠지만 아주 어릴 때부터 결혼을 하지 않겠다고 선언했던 친구였기에 그런 친구의 마음을 돌린 사람이 어떤 사람인지 무척 궁금했다.

"남자친구는 어떤 사람이야?"

내 물음에, 친구는 심플하게 답했다.

"솔직한 사람."
"거짓말을 안 한다는 거야?"

"아니, 그런 거랑은 좀 달라. 그 사람은 감정 표현에 솔직한 사람이야. 좋으면 좋다고, 보고 싶으면 보고 싶다고, 솔직하게 다 말해 주는 사람이야."

나는 좀 의아했다. 그런 솔직함이라면 누구나 다 있지 않나? 좋은데 안 좋다고 하고, 보고 싶은데 안 보고 싶다고 하는 사람도 있나?

그때는 친구의 말이 좀 이해가 안 됐는데, 시간이 많이 흘러 '감정 표현에 솔직한 사람'을 만나고 난 후에야 나는 친구가 했던 말을 완벽히 이해할 수 있었다.

감정을 이리저리 재지 않고

불필요한 밀당을 하지 않고

내가 좋으면 좋다고

보고 싶으면 보고 싶다고

그냥 보고 싶은 게 아니라 많이 보고 싶으면

진짜 많이 보고 싶다고

내가 좋아 죽겠다는 걸

온몸으로 표현해 주는 그런 사람이 좋다.

사랑을 확신했던 순간

낭만적인 사람이 좋다는 내 말에

"나는 낭만을 모르는 사람인데 이런 나라도 괜찮나요?"

라고 말하며

당신이 은은하게 미소 지었다.

그런 사람

그런 사람이 있었으면 좋겠다.

너무 많은 일들이 한꺼번에 몰려와

세상 모든 것들이 나를 힘들게 하는 순간에도

괜찮다고, 지금도 충분하다고,

따뜻하게 나를 안아 주는 사람이 있었으면 좋겠다.

삶에 지치고, 사람에 지쳐서,

혼자라는 생각에 너무 외롭고 쓸쓸한 날에도

혼자가 아니라고, 언제나 내 편이라고,

한결같이 내 옆을 지켜 주는 사람이 있었으면 좋겠다.

"괜찮아,

나는 언제나 네 편이야.

나한테는 네가 제일 소중해."

라는 말이 듣고 싶다.

오답

적당히 좋아하고 싶다.

너무 많은 것을 기대하지 않고

쓸데없는 희망을 품지 않고

감당할 수 있을 만큼만

적당히 마음을 주고 싶다.

그러면 상대의 마음이 나와 같지 않더라도

'그래, 그럴 수 있지.' 하고

의연하게 돌아설 수 있지 않을까.

실망하고 싶지 않은데,

상처받고 싶지 않은데,

적당히 좋아하는 법을 모르겠다.

짝사랑이 힘든 이유

최근, 이직을 한 친구가 짝사랑을 시작했다.

상대는 같은 회사의 동료 직원이라고 했다. 친구는 새로운 회사에 적응하지 못해 많이 힘들어했는데, 좋아하는 사람이 생기고부터는 그 사람을 볼 생각에 하루하루가 생일처럼 기다려지고 매일매일이 행복하다고 했다. 나는 친구가 계속 그렇게 행복하기만을 바랐다. 하지만 내 바람과 달리 그 뒤로 친구는 많이 울었다. 그 사람 때문에.

인생을 살면서 가장 힘든 것 중 하나는 나를 바라보지 않는 사람을 계속 바라보는 일인 것 같다.

내가 좋아하는 사람이 나를 좋아하면 좋을 텐데

그렇지 않아서 힘들고

내가 좋아하는 사람이 나를 좋아하지 않는다고 했을 때

내 마음을 멈출 수 있다면 좋을 텐데

그 또한 내 마음대로 되는 게 아니라서 힘들다.

내가 좋아하는 사람이 내가 아닌 다른 사람을 좋아한다고 해도

그 사랑을 응원해 주지 못해 힘들고

내가 좋아하는 사람이 내가 아닌 다른 사람 때문에 힘들어해도

그 힘든 마음을 함께 나눌 수 없어서 힘들다.

짝사랑이 힘든 이유는,

그 사람이 나를 바라봐 주지 않아서가 아니라

그 사람을 사랑하면서도

그 사람을 위해 내가 해 줄 수 있는 게

아무것도 없기 때문이다.

무죄

네가 너무 다정해서

나와 같은 마음일지도 모른다고 착각했다.

그러니까 이건 내가 잘못한 거다.

너는 아무 잘못 없다.

약점

연애를 하면서도 외로울 때가 있다.

그 사람이 아무 생각 없이 한 말의 의미를 해석하느라 밤을 지새우고, 어제와는 묘하게 달라진 목소리의 높낮이에 혹시 내가 실수라도 했는지 하루 종일 전전긍긍 불안에 떨어야 할 때.

오지 않는 연락에 애가 타면서도 서운함을 내색할 순 없고, 갑자기 약속이 미뤄져도 그럴 만한 사정이 있을 거라 스스로 위로해야 할 때.

연애를 하면서도 외로울 때가 있다.

상대가 나를 좋아하는 것보다 내가 상대를 좋아하는 마음이 더 클 때 그렇다. 더 많이 좋아하는 마음은 덜 좋아하는 마음 앞에서 한없이 약해지고, 때론 말도 안 되는 약점이 되기도 한다. 하지만 이보다 더 슬픈 것은, 이런 사실을 상대는 모르고 나만 아는 것이다. 상대는 우리가 동등한 입장에서 모든 것들을 공평하게 나누고 있다고 생각한다.

하나도 공평하지 않은데.
단 한 번도 동등했던 적이 없는데 말이다.

여전히 예쁘고 사랑스러운

처음 봤을 때 예쁘고 아름다운 꽃은 고개를 돌려 다시 봐도 예쁘고 아름답다. 그래서 자꾸 돌아보게 된다.

세 번,
네 번,
다섯 번,
여섯 번,

그렇게 열 번을 보고, 백 번을 보고, 계속 보다 보면 이제는 그 꽃이 너무 익숙해져 버려서 예쁘고 아름다운 걸 잠시 잊어버리게 된다. 하지만 익숙해졌다고 해서 그 꽃이 예쁘지 않은 것은 아니다.

꽃은 여전히 예쁘고 사랑스럽다.

당신의 옆에 있는 그 사람도 마찬가지다.

익숙함에 속아 예쁜 사람을 놓치지 마세요.

나와 좀 다르더라도

고기를 먹을 때, 아빠는 고기와 김치를 같이 구워 먹는 걸 좋아하고 엄마는 고기 따로 김치 따로 구워 먹는 걸 좋아한다. 그 때문에 두 분의 의견이 충돌하는 것을 여러 번 본 적이 있는데 신기한 건 항상 고기를 구울 때 불판에 김치를 먼저 올리는 사람은 아빠가 아닌, 엄마라는 것이다.

얼마 전 고향 집에서 고기를 먹을 때도 그랬다. 아빠는 말없이 고기만 열심히 굽고 있는데 엄마가 갑자기 불판 위에 김치를 올렸다. 나는 그런 엄마가 이해되지 않았다.

"엄마, 고기랑 김치 같이 굽는 거 싫다고 하지 않았어?"
"응, 나는 고기에 김칫국물 묻는 거 질색이야."

그렇게 말을 하면서도 엄마는 계속 불판 위에 김치를 올리고
있었다.

"근데 왜 자꾸 김치를 올려. 이제 그만 올려."

답답해서 한마디 하자 엄마는 한숨을 쉬며 말했다.

"너희 아빠가 이렇게 먹는 걸 좋아해."

그 뒤로도 불판 위에 김치가 사라질 때마다 엄마는 부지런히
김치를 날랐고, 아빠는 김칫국물이 묻지 않은 깨끗한 고기를
간간이 엄마 쪽으로 밀어주곤 했다.

사랑이란 이런 게 아닐까.

그 사람이 나와 좀 다르더라도

그 사람의 취향을 존중해 주는 것.

내가 좀 싫어하는 것이라도

그 사람이 좋아한다면 기꺼이 함께해 주고 싶은 것.

그 사람의 모든 것을 이해할 순 없지만

여전히 사랑하는 것.

사랑한다는 이유로

내가 원하고 바라는 모습으로

그 사람이 바뀌어 주기만을 기대하지 말고

사랑한다면, 있는 그대로의 그 사람을 아껴주도록 하자.

"너를 사랑해."라는 말속에는

"나와 좀 다르더라도."라는 말이

포함되어 있다는 것을 잊지 마세요.

사랑은,

서로 다른 두 사람이 같아지는 과정이 아니라

서로의 다름을 인정하고 받아들이는 과정입니다.

있는 그대로의 그 사람을 아껴 주세요.

나와 다른 모습까지도 예뻐해 주세요.

세상에서 제일 사랑하는 사람이잖아요.

좋아하면 그렇게 된다

친한 친구가 남자친구와 통화하는 모습을 보고 깜짝 놀랐다. 낯간지러워서 사랑한다는 말이나 보고 싶다는 말 같은 건 절대 못 한다고 하던 친구인데, 남자친구에게 보내는 애정 표현이 한없이 귀엽고 사랑스러워서.

통화가 끝나기만을 기다리고 있다가 친구에게 한마디 했다.

"와, 너 장난 아니다."
"응? 하하."
"연애해도 애정 표현 같은 건 잘 못한다고 했으면서."

그러자 친구는 얼굴이 새빨개져서 말했다.

"원래 잘 못하는데 좋아하니까 하게 되더라고."

나는 조용히 고개를 끄덕였다.

맞다.

좋아하면 다 그렇게 된다.

원래 그런 걸 잘 못해도

그 사람에게는 그런 걸 해 주고 싶고

부끄러워서 절대 못 할 것 같은 일도

그 사람의 웃는 모습을 볼 수 있다면

잠시 부끄러워지는 것쯤 아무것도 아니게 된다.

때로 사랑도 노력이 필요하더라. 그 사람에게 뭐든 해 주고 싶고, 뭐든 맞춰 주고 싶고, 그 사람에게 더 좋은 걸 해 주고 싶고, 더 좋은 사람이 되어 주고 싶고.

좋아하면, 다 그렇게 된다.

좋은 사람을 만나고 있다는 증거

연애를 막 시작했을 때,

친한 친구가 내게 이런 말을 했다.

"너 진짜 좋은 사람을 만나고 있구나."

갑자기?

의아함에 친구를 바라보자

친구가 의미심장한 미소를 지었다.

"그 사람 이야기를 하면서 네가 계속 웃고 있잖아."

친구의 말을 듣고 나서야 깨달았다.

내가 계속 웃고 있었다는 사실을.

지금 내가 만나고 있는 사람이

좋은 사람인지 아닌지 알고 싶다면

그 사람의 얼굴을 한 번 떠올려 보세요.

그 사람을 생각했을 때

당신 얼굴에 미소가 떠오른다면

당신은 지금 좋은 사람을 만나고 있는 겁니다.

생각만으로도 당신을 웃게 한다는 건

당신이 진짜 좋은 사람을 만나고 있다는 증거니까요.

"네 연인은 어떤 사람이야?"

누군가 너에게 물었을 때

네가 확신에 찬 듯

나에 대한 이야기를 해준다면 좋겠다.

"그 사람, 참 좋은 사람이야."라고.

사랑받고 싶다면

어느 날, 친구가 나에게 고민을 털어놓았다.

"남자친구가 나를 더 많이 사랑해 줬으면 좋겠어."

그 말을 듣는 순간 가슴이 철렁했다. 혹시, 친구에게 무슨 일이 있는 걸까 봐. 친구가 힘든 연애를 하고 있는 걸까 봐. 하지만 다행히 그런 건 아니었다. 걱정하는 나를 안심시키며 친구는 말했다.

"남자친구는 지금도 나를 많이 사랑해 주지만 나는 그것보다 더 많이 사랑받고 싶고 더 많이 관심받고 싶어. 그런데 이건 내 욕심인 걸까?"

음, 그럴 수 있지. 무슨 마음인지 알 것 같았다.

누군가를 만날 때, 나도 그랬다. 그 사람을 사랑할수록 그 사람에게 더 많이 사랑받고 싶고, 그 사람에 대한 내 마음이 클수록 그 사람이 나를 더 많이 사랑해 주기를 바랐다.

우리는 늘 사랑받고 싶어 한다. 사랑받고 있어도 더 많은 사랑을 받고 싶은 게 사람의 마음이다. 이런 마음이 잘못된 걸까? 아니, 사랑받고 싶다고 생각하는 건 잘못이 아니다. 하지만 더 사랑받고 싶어서 상대를 힘들게 하고, 더 사랑해 달라고 상대를 보채는 건 잘못하는 것이다. 내 생각대로 되지 않는 상대를 내 생각에 억지로 맞추려고 할 때 관계는 서서히 어긋나기 시작한다.

나를 더 많이 사랑해 주기를 바라고

나를 위해 더 좋은 사람이 되어 주기를 바란다면

내가 먼저 그런 사람이 되어야 한다.

혹시 지금 사랑을 하고 있다면, 나의 연인이 나를 더 많이 바

라봐 주고 나를 더 많이 사랑해 주기를 바란다면, 내가 먼저

그런 사람이 되어 주자.

내가 더 많이 사랑해 주고

더 많이 안아 주고

더 좋은 사람이 되어 주고

더 따뜻한 사람이 되어 주자.

그러면 반드시 그 사람도

당신에게 그런 사람이 되어 줄 테니까.

당신을 사랑해

우리는 함께 걸었다.

당신이 내게

봄바람이 따뜻해서 좋다고 했는지

시원해서 좋다고 했는지

길가에 핀 꽃이 예쁘다고 했는지

하늘의 구름이 예쁘다고 했는지

나는 기억이 나지 않는다.

나란히 걷고 있는 당신을 바라보며

나는 그저

마음속에 있는

한마디를 하고 싶었을 뿐이다.

절대 건드리면 안 되는 것

친구 중에 진짜 착한 친구가 있는데, 어느 날 직장 동료와 말다툼을 했다며 연락이 왔다.

의외였다. 너무 착해서 누가 뭐라고 하던 그냥 웃어넘기고 남한테 절대 싫은 소리를 못 하는 그런 친구이기 때문이다.

"회사에서 무슨 일 있었어?"

친구로 지낸 지 10년이 넘었지만 이런 일은 처음 있는 일이기에 너무 놀랐고, 또 한편으로는 이렇게 순하고 착한 친구가 직장 동료와 말다툼할 정도라면 보통 일은 아니라는 생각이 들어서 심장이 쿵쾅쿵쾅 뛰었다.

무슨 일일까, 잔뜩 긴장하고 있는데 핸드폰 너머로 친구가 말했다.

"아니, 걔가 내 남자친구 사진을 보더니 못생겼다고 하잖아."

응?

친구는 정말 진지했다. 그리고 진심으로 화가 난 것 같았다. 사실 처음에는 내가 상상했던 것보다는 큰일이 아닌 것 같아서 좀 허탈했다. 직장 동료가 장난으로 한 말을 친구가 너무 심각하게 받아들인 건 아닌가? 생각했다.

하지만 시간이 흘러, 정말 사랑하는 사람을 만나고 나서야 그때 내가 했던 생각이 잘못된 걸 알게 됐다.

아무리 순하고 착한 사람도 참을 수 없는 게 있다.
사람에게는 절대 건드리지 말아야 할 영역이 있다.

바로,
사랑하는 사람을 건드리는 일이다.

지금 사랑을 하고 있는 사람이라면 아마 알 것이다. 내 소중한 사람을 향해 누군가 무례한 말을 하는데 그걸 가만히 참고 들어 줄 사람은 세상 어디에도 없다는 것을.

그날, 가만히 친구의 이야기를 들어주다가 문득 걱정이 돼서
물었다.

"너 근데 걔랑 싸우면 회사에서 좀 힘들어지는 거 아니야?"
잠시 고민하던 친구는 이내 이렇게 답했다.

"몰라, 그럼 그만두면 되지 뭐.
내 남친 욕하는 인간은 우리 회사 사장이어도 못 참아."

숨기기 어려운 비밀

예전에 한 지역 방송에 초청을 받아, 할아버지 할머니에게 한글을 알려 드리는 선생님으로 출연했던 적이 있다. 그런데 거기 있던 분 중 한 할머니가 방송 내내 힘들다고 말씀하셔서 신경이 쓰였다. 나는 쉬는 시간을 틈타, 음료와 간식을 가지고 할머니에게 다가갔다.

"할머니, 많이 힘드세요?"
"힘들지."
"어떤 부분이 힘든 걸까요?"

촬영 시간이 길어져서 힘드신 걸까.
아니면 어디가 편찮으신 걸까.

걱정스러운 마음에 할머니를 이리저리 살피는데 할머니는 그런 내게 전혀 뜻밖의 답을 했다.

"사는 게 힘들지. 빨리 죽어야 하는데 계속 살아 있어서 힘들어 죽겠어, 아주."
"에이, 무슨 그런 말씀을 하세요. 그래도 오래오래 사셔야죠, 할머니."

예상치 못한 말에 좀 당황하긴 했지만 어디가 불편하신 건 아닌 것 같아 안도했다. 그런데 그런 나를 할머니가 다시 불렀다.

"선생님, 잠깐만 이리 가까이 와 봐."

원래도 가까웠지만, 더 가깝게 다가갔다. 할머니는 마치 비밀 이야기를 하듯 조용히 내 귀에 속삭였다.

"저기 뒷줄에 머리 허연 할아범 있지. 저 할아범이 사실은 우리 집 양반이야."
"정말요? 그런데 왜 떨어져서 앉으셨어요?"
"오늘 아침에 나랑 싸웠거든. 근데 저 양반은 나 없으면 못 살아. 그래서 나는 죽고 싶어도 못 죽어."

덤덤하게 말씀하시지만 할아버지를 사랑하는 마음이 너무나도 잘 느껴졌다. 그래서 나는 나도 모르게 이렇게 말했다.

"할머니, 할아버지를 정말 사랑하시는 것 같아요."

할머니는 부정하지 않으셨다. 다만, 아까보다 더 작게 속삭였다.

"응, 근데 이건 비밀이야. 아무한테도 말하지 마."

나는 고개를 열심히 끄덕였다. 할머니의 비밀을 꼭 지켜드리겠다고. 하지만 내가 말하지 않아도 세상 모든 이들이 아마도 할머니의 비밀을 알고 있을 것 같았다.

얼마 전, 25년 만에 재개봉을 한 영화 타이타닉을 다시 보았다. 할머니가 된 로즈는 손녀에게 이런 말을 한다.

"여자의 마음은 비밀이 차고 넘치는 바다란다."

어릴 때는 이해할 수 없었던 로즈의 말을 지금에서야 나는 어렴풋이 이해할 수 있을 것 같았다. 그리고 로즈의 얼굴에서 그날 내가 만났던 할머니의 얼굴이 묘하게 겹쳐 보였다.

사랑에 빠진 여자는 비밀이 많다.
하지만 사랑에 빠진 여자는 비밀을 숨기기 어렵다.

그 예쁜 마음이 이미 온 얼굴에 다 드러나 있기 때문에.

마침내 꽃을 피울 수 있기를

사람이 사람을 좋아하면 실수를 많이 하게 된다.

내가 이런 말을 하면 그 사람이 나를 어떻게 생각할까, 이런 행동을 하면 그 사람이 나를 어떻게 생각할까, 그 사람의 마음을 추측하느라 매 순간 신경이 곤두서 있기 때문에 그 사람 앞에서는 말과 행동이 어색해지고 평소라면 절대 하지 않을 잔실수를 많이 하게 된다.

그러지 말아야지, 자연스럽게 행동해야지, 속으로 수천 번을 되뇌어 보지만 막상 그 사람 앞에만 서면 그게 잘 안된다. 자연스럽게 말하고, 자연스럽게 행동하고, 자연스럽게 표현하는 법이 세상에서 제일 어려운 일이 되어 버리고 만다.

내 마음이 부족하거나 모자라서가 아니다.

내 마음이 너무 커서 그런 거다.

혹시 지금 이 글이 당신의 이야기 같다면,

누군가를 좋아하는 일이 너무 힘든 것 같다면,

그래서 포기하고 싶은 생각이 든다면,

이 말을 꼭 기억했으면 좋겠다.

지금 힘든 것은

후에 아름다운 꽃을 피우기 위한 과정이다.

나는 당신이 그 예쁜 마음을 포기하지 않았으면 좋겠다. 작은 실수에 움츠리지 말고 용기를 내어 한 걸음만 더 그 사람에게 다가가 보기를 바란다. 당신의 그 서툰 표현을, 그 사람이 알아차릴 수 있도록 딱 한 걸음만 더 가까이 다가가 보자.

진심은 언젠가 통한다는 말을 나는 믿고 싶다.

그리고 이 힘든 시간을 잘 견디어
당신의 마음이 그 사람에게 닿기를.
그 예쁜 마음이 마침내 꽃을 피울 수 있기를,
간절히 바라고 응원한다.

예쁜 생각은 예쁜 바람이 되어

예쁜 사람을 찾아간대요.

더 행복할 거고, 더 잘될 거예요.

그래요, 당신의 이야기예요.

반드시 좋은 날이 올 거야

제 1판 1쇄 발행 : 2023년 9월 25일
제 1판 5쇄 발행 : 2024년 11월 6일

저 자 : 김토끼
편 집 : 김민진
디자인 : 이혜민
마케팅 : 정남주, 연훈
펴낸곳 : 로즈북스
출판사등록 : 2022년 7월 14일 제2022-000022호
주 소 : 부산광역시 해운대구 해운대해변로357번길 5-1 상가동 205호
전 화 : 070-8064-1135
팩 스 : 070-7966-0793
이메일 : rosebooks7@nate.com
ISBN : 979-11-979663-3-0 (03810)